BRDC
BARC

Oldtimer

MOEWIG

Deutsche Erstausgabe
Aus dem Italienischen von Irmgard Linz und Giovanna-Laura Valla

Fotos: Archivio AME, Agenzia fotografica Overseas, R. T. Publiservices
Textbearbeitung: Dr. Theresa Müller-Roguski
Printed in Italy 1991
Gesamtherstellung: Mondadori, Verona
ISBN 3-8118-8562-6

EINLEITUNG

In den 34 Jahren von 1905 bis 1939, von denen dieses Buch berichtet, hat das Auto eine ungeheure Entwicklung durchlaufen. Jedes einzelne Teil, sowohl innen wie außen, hat mehr oder weniger große Veränderungen erfahren. Besonders die zunächst einzylindrigen oder zweizylindrigen Motoren mit niedriger Drehzahl und geringer spezifischer Leistung haben sich stark verändert. Wegen der geringen spezifischen Leistung dieser Motoren hatten Wagen, die ein gewisses Prestige vermitteln sollten, meist sehr große Hubräume. Das war auch wegen des hohen Gewichts der Wagen notwendig. In dieser Zeit gab es eine große Vielfalt von Typen, vor allem im Bereich kleinerer Hubräume mit wassergekühlten oder luftgekühlten Motoren, die entweder in der Mitte (manchmal sogar unter dem Boden), im vorderen oder im hinteren Teil des Wagens eingebaut waren. Dabei handelte es sich um Zweitakt- oder Viertaktmotoren mit ein oder zwei Zylindern, die entweder in einer Reihe, in V-Form oder entgegengesetzt angeordnet waren. In den 30er Jahren begannen sich die in einer Reihe angeordneten achtzylindrigen Motoren zu behaupten, die später von den in V-Form angeordneten Achtzylindern abgelöst wurden. Von der Zündung mit Glührohr ging man zur Zündspule oder einem Hochspannungs- bzw. Niederspannungs-Zündmagneten über; die Ventile waren erst seitlich, später am Kopf eingebaut und wurden von einer mechanischen Doppelnockenwelle gesteuert. Den L-Kopf ersetzte man später durch den T-Kopf mit seitlichen Ventilen, die von zwei verschiedenen Nockenwellen gesteuert wurden. Diese wurden anfangs deshalb übernommen, weil sie die Wartung erleichterten. Beim L-Kopf waren alle Ventile an derselben Seite eingebaut; die Zündkerze war beim Ansaugventil angebracht und wurde auf diese Weise vom Eingangsgemisch abgekühlt. Die Getriebe, die oft nur zwei Gänge hatten, wurden zu Dreigang- und Vierganggetrieben. Was sich in diesem Bereich aber wesentlich änderte, war der Aufbau. Von den ersten Getrieben mit verschiebbaren Zahnrädern, normalerweise »Train Baladeaur« genannt, kam man zu einer richtigen Getriebevorrichtung, deren Erfindung Karl Benz zu verdanken war. Sie bestand aus einem Zug von epizyklischen Getrieben und ermöglichte zwei Überset-

Panhard guida interna

Panhard dos-à-dos – 1891

Der **Benz Velo** *wurde 1894 vorgestellt und für 2000 DM verkauft; er war eines der ersten Modelle eines volkstümlichen Wagens und eines der ersten Beispiele einer Serienproduktion. Tatsächlich war es damals sehr schwierig, auch in derselben Firma zwei wirklich identische Autos zu produzieren; aber für die Velos gilt das nicht: Diese Wagen stellen das beste Beispiel für die Serienherstellung in der Anfangszeit des Automobils dar. Bei der Benz-Technik war der Motor noch ein waagrechter Einzylinder mit 1140 Kubikzentimetern. Er leistete drei PS bei 400 Umdrehungen/Minute. Auch dieser Wagen hatte eine elektrische Zündung mit Kerzen, Zündspulen und einem Akkumulator. Dessen Energie war aber gering, so daß man zu häufigem Akkumulatorwechsel gezwungen war. Der Wagen erreichte eine Höchstgeschwindigkeit von 25 km/h; sein Höchstgewicht lag unter 300 kg.*

zungen, also ein Untersetzungsgetriebe und eine direkte Übertragung sowie einen Rückwärtsgang. Das erste Leichtlaufgetriebe wurde jedoch von Gottlieb Daimler und Wilhelm Maybach entwickelt. Der elektrische Anlasser erschien zum ersten Mal im Cadillac von 1912. Einen weiteren äußerst wichtigen Fortschritt brachten die auswechselbaren Räder. Die hydraulische Bremse kam mit dem Duesenberg von 1912 und wurde drei Jahre später von Chrysler übernommen. Isotta-Fraschini war der erste, der auch in die Vorderräder Bremsen einbaute, aber es brauchte eine gewisse Zeit, bis die Vierradbremsung Anhänger fand; das Bremsen der Vorderräder galt lange als gefährlich.

Der Kettenantrieb bzw. die Doppelkette wurde durch die Kardanwelle ersetzt. Die Karosserien wandelten sich sehr stark; nicht nur die Linie, sondern auch die Konstruktion veränderte sich: Aus einer geöffneten wurde nach und nach eine geschlossene Kabine. 1910 gab die Torpedo-Karosserie, die die Amerikaner eine »Badewanne auf Rädern« nannten, ihr Debüt. Im selben Jahr begann man an einige sehr nützliche Zubehörteile zu denken, wie die Scheibenwischer, die Hupe und die Acetylenlichter. Im Jahre 1911 kamen die viertürigen Wagen und das Selden-Patent, kurz »Selden« genannt; jahrelang war es im Gespräch, endlich wurde es anerkannt, aber das Berufungsgericht urteilte auch, daß weder Ford noch die anderen amerikanischen Konstrukteure es jemals übertreten hatten, so daß Selden keine Tantiemen von der Autoindustrie mehr bekam. Die Mode der superstarken Motoren wurde 1915 von einem Packard eingeleitet, einem Zwölfzylinder oder »Twin Six« (Zwillingssechs). Er war auch das erste amerikanische Aluminiumkolbenmodell. 1930 erschien gleichzeitig mit einem zwölfzylindrigen ein sechzehnzylindriger Cadillac; die Leistung des zweiten wurde mit 185 PS angegeben. Chrysler stellte als erstes einen achtzylindrigen Wagen her, was Buick nachahmte. Oldsmobile verwendete im selben Jahr ein synchronisiertes Getriebe. 1932 wurden die Rückspiegel, die bis dahin meistens außen angebracht waren, zur Verringerung des Luftwiderstandes in den Innenraum verlegt. Die Radaufhängungen mit halbelliptischen Federn oder elliptischen Blattfedern (Cantilever-Typ) – der Teil des Wagens, der sich im Lauf der Zeit am wenigsten verändert hatte – wurden langsam durch Aufhängungen mit Spiralfedern ersetzt. Der wichtigste Fortschritt, welcher der breiten Masse entging, betraf dank neuartiger Metalle und Legierungen die Konstruktion der Motoren. Die Eisenindustrie schuf die Grundlage für diese Entwicklung; erst die Wettrennen rückten dieses Problem in den Mittelpunkt.

Die Geschichte der englischen, amerikanischen, italienischen und französischen Industrie ist nämlich eng mit den Autorennen verbunden. Brooklands war für Großbritannien das, was Indianapolis für die USA, Monza für Italien und Monthléry für Frankreich war. Im hier behandelten Zeitraum gab es keine Autofirma, die sich nicht an den Motorsport wagte. Falls sie nicht direkt an den Autorennen teilnahm, so versuchte sie, wie Citroën, größere Rennen zu organisieren, um dem Publikum die Zuverlässigkeit und Stabilität der angebotenen Wagen zu beweisen. Die Autorennen hatten so einen entscheidenden Einfluß auf die Erforschung von leichteren und haltbareren Metallegierungen, vor allem in den Jahren 1934 bis 1937, als die wichtigsten Rennen von einer Formel bestimmt wurden, die ein Höchstgewicht statt eines Mindestgewichts verlangte. Der Zweck einer solchen Formel war, die Rennwagen-Konstrukteure zu zwingen, Motoren mit geringem Hubraum zu verwenden, die somit auch nicht zu stark waren. Schon damals war das Publikum empört und besorgt über die sehr hohen Durchschnittsgeschwindigkeiten, die auf einigen Abschnitten erreicht wurden. Aber die Verfügbarkeit von überleichten Metallegierungen und gemischten Treibstoffen versetzte alle Konstrukteure in die Lage, das Hindernis des Höchstgewichts mit außerordentlich

Decauville 3 1/2 PS – 1898. *Dieser Wagen wurde »voiturelle« genannt, weil das Wort »voiturette« nur für das Motor-Dreirad von Leon Bollée verwendet werden durfte. Das Auto hatte vier Räder und einen luftgekühlten Motor mit 3,5 PS. Charakteristisch war die vordere Einzelradaufhängung.*

leistungsfähigen Motoren zu überwinden, solange die Grenze von 750 kg eingehalten wurde. Die ursprüngliche Zielsetzung wurde also nicht erreicht. Das erklärt, warum in den folgenden Formeln fast immer ein maximaler Hubraum und ein Mindestgewicht des Wagens vorgeschrieben wurden. Dagegen hatten die Rennen, insbesondere am Anfang des Jahrhunderts, dazu geführt, daß die Forschung sich darauf konzentrierte, das Gewicht der Wagen zu verringern. Einige scheinbar sensationelle Ergebnisse waren nur auf die Abmagerungskur zurückzuführen, der die Wagen unterzogen wurden. Das galt allerdings nur für die Sportwagen. Während Bentley, Isotta-Fraschini, Fiat, Alfa Romeo und Renault auf die Rennen setzten, weil sie sie für ein effizientes Werbemittel hielten, interessierten sich die Amerikaner – bis auf einige kleinere Firmen – bald nicht mehr dafür, weil sie viel mehr damit beschäftigt waren, ein faszinierenderes und für sie gewinnbringenderes Problem zu lösen, nämlich die Massenproduktion. Henry Ford führte diese Entwicklung 1913 während des Booms um das T-Modell an. Diese Initiative ließ die anderen Konstrukteure nicht gleichgültig, so daß sie Ford fast sofort nachahmten. In jenen Jahren schien es das Hauptinteresse der Amerikaner zu sein, einen billigen Wagen kaufen zu können. Ob er schnell war oder ob er ein Rennen gewinnen konnte, war nicht so wichtig. Die Massenproduktion machte den Bau eines geeigneten Autobahnnetzes notwendig. Also unterschrieb Präsident Woodrow Wilson 1916 den »Federal Aid Road Act«, der ein großes nationales Straßensystem hervorbrachte, welches zu 50 Prozent aus Staatsmitteln finanziert wurde. Die anderen 50 Prozent trugen die einzelnen Bundesstaaten. 1920 wurde ein Amt für Straßenplanung gegründet, das den Bau und Unterhalt des Straßennetzes koordinieren sollte. In Italien wurde die erste Autobahn am 24. September 1924 zwischen Mailand und Como eingeweiht. Zehn Jahre später schufen die Deutschen die Pläne eines homogenen Straßensystems auch für militärische Zwecke, aber inzwischen waren in Italien bereits die Verkaufsübergaben der Autobahnen Mailand-Brescia (1927), Neapel-Pompeji (1928), Bergamo-Brescia (1931), Florenz-Küste, Turin-Mailand (1932), Venedig-Padua (1933) und der Schwerverkehrsstraße Genua-Serravalle (1935) erfolgt. Die erste kanadische Autobahn von Toronto zu den Niagarafällen wurde 1939 eröffnet. In allen anderen Ländern, Frankreich eingeschlossen, nahm die Autobahnplanung erst nach dem Zweiten Weltkrieg Gestalt an. Zu dieser Zeit wurde auch in Italien eine großzügig angelegte, staatliche Planung entworfen, welche Italien nach der Bundesrepublik Deutschland weltweit an die zweite Stelle hinsichtlich der Ausdehnung des Autobahnnetzes (ca. 6000 km) brachte.

Die Verbreitung des Autos hat aber auch zahlreiche Probleme hervorgerufen, vor allem in bezug auf die Schadensfälle. Wenn man bedenkt, daß in neun Ländern der Europäischen Gemeinschaft innerhalb von sechs Jahren (1965, 1970, 1971, 1972, 1973, 1974) 360535 Menschen bei Autounfällen gestorben sind und fast zehn Millionen verletzt wurden, hat man ein klares Bild der Lage. In den USA sterben jedes Jahr über 50 000 Menschen, in Deutschland über 18 000 und in Frankreich über 16 000. In der Nachkriegszeit hat man angefangen, sich dieses Problems bewußt zu werden, und zwar dank der Amerikaner. Ende der 60er Jahre starteten sie eine Sicherheitskampagne, die auf die Verbesserung der Kraftfahrzeuge abzielte, denn man glaubte, die größte Gefahr ginge von der spezifischen Konzeption der Autos aus. Diese Bemühungen fanden bald international Gehör, weil die Amerikaner mit ihrem ESV-Programm (Experimental Safety Vehicle) alle Autofirmen ins Schlepptau nahmen, die ihre Produkte in die USA exportierten. Diese wurden so zur Erforschung neuer, besser konstruierter Wagen gezwungen, die sogar die Fehler der Autofahrer korrigieren konnten. Das ESV-Programm wurde jedoch ein großes Fiasko, nicht zuletzt in finanzieller Hinsicht. Jede einzelne Firma

investierte viel Geld, ohne je etwas Konkretes zu erreichen.
Während sich die Autotechnik nun allgemein um größtmögliche Sicherheit bemühte, hatten die amerikanischen Techniker schon ein neues Forschungsprojekt entdeckt: die Luftverschmutzung. Zunächst hatte die Lage in Los Angeles dieses Problem geschaffen, so daß der Staat Kalifornien äußerst strenge Gesetze gegen die Luftverschmutzung erließ. Die Folge war die Unzufriedenheit von Autoindustrie und Käufern, denn Vorrichtungen zur Minderung der Luftverschmutzung sind bekanntermaßen teuer.
Die plötzliche und unerwartete Energiekrise von 1973 hat ein weiteres großes Problem geschaffen, das die Fahrzeugtechnik bis heute revolutioniert hat. Auf der einen Seite existiert die Gefahr eines ständig steigenden Rohölpreises und auf der anderen die zunehmende Gewißheit, daß die Energiequellen nicht unerschöpflich sind. Die Staaten, die das Energieproblem auf politischer Ebene intensiv zu lösen versuchen, sind solche mit einer schwachen Autoindustrie, wie beispielsweise Italien. Auf technischer Ebene sind allerdings die USA führend, deren finanzstarke und traditionsreiche Fahrzeugindustrie bis heute unschlagbar ist.
Die Konstruktion traditionell großer und schwerer Autos (ca. 1800 – 2000 kg) mit relativ hohem Verbrauch wurde von der Produktion kleinerer und leichterer Modelle abgelöst, die energiesparendes Fahren ermöglichten.
Die hier stark vereinfacht skizzierte Entwicklung der Fahrzeugtechnik und -industrie hat sich alles andere als problemlos vollzogen. Vielmehr waren enorme Anstrengungen und die Investition mehrerer Millionen Dollar vonnöten, bis sich erste Erfolge einstellten.
Die dringende Notwendigkeit, den Energieverbrauch zu drosseln, hat die Umstrukturierung der Modelle stark vorangetrieben, auch wenn einem großen Teil der Amerikaner die Aussicht auf das Fahren kleinerer Autos sehr viel weniger gefällt. Die heutzutage sehr verbreiteten Achtzylinder werden verschwinden, und die in Amerika sehr unpopulären Sechs- und Vierzylinder wieder eingeführt. Zwischen Amerika, Europa und Japan wird es keinen der so lange bestehenden Fahrzeugunterschiede mehr geben. Für die Amerikaner bedeutet die Entwicklung eine Rückkehr zu den Anfängen der Autoindustrie, als noch kleine und leichte Autos gebaut wurden. Die Aussicht, nicht ewig auf die bestehende Brennstoffversorgung zählen zu können, und die Tatsache, das Rohöl immer teurer bezahlen zu müssen, diktierten Hersteller und Käufer ein neues Verhalten: Die Bedrohung muß akzeptiert und die Folgeschäden müssen verringert werden.
Heute stellen die Entwicklung und der Einsatz alternativer Energiequellen neue Aufgaben, deren Bewältigung jedoch noch in weiter Ferne liegt.
Dieses Buch erscheint zu einer Zeit, da das Auto – nach der Pionierzeit und späteren Massenverbreitung – in seiner Existenz fragwürdig geworden ist. Um so mehr Interesse verdienen jene Automobile, die vor rund achtzig Jahren die Welt in Staunen versetzten.

Großer Torpedo Sport Bateau 1929.

SOCIETE DES AUTOMOBILES
LYON
PILAIN
PARIS

(1)

(2)

(3)

(1)

Wagen: Brush
Jahr: 1910
Motor: vertikaler Einzylindermotor vorne
Bohrung und Hub: 65,5 x 81,9 mm
Hubraum: 276 cm^3
Getriebe: 2 Vorwärtsgänge
Aufhängung: Vorder- und Hinterradaufhängung mit Spiralfedern

(2)

Wagen: Auburn 851 SC
Jahr: 1935
Motor: Achtzylinder-Reihenmotor
Bohrung und Hub: 77,7 x 120,5 mm
Hubraum: 4590 cm^3
Getriebe: 3 Vorwärtsgänge
Aufhängung: Vorder- und Hinterradaufhängung mit halbelliptischen Blattfedern

(3)

Wagen: Brewster
Jahr: 1915
Motor: Vierzylinder-Reihenmotor
Bohrung und Hub: 101,6 x 139,7 mm
Hubraum: 4536 cm^3
Getriebe: 3 Vorwärtsgänge
Aufhängung: Vorderradaufhängung mit halbelliptischen Federn, Hinterradaufhängung mit Cantilever-Blattfedern

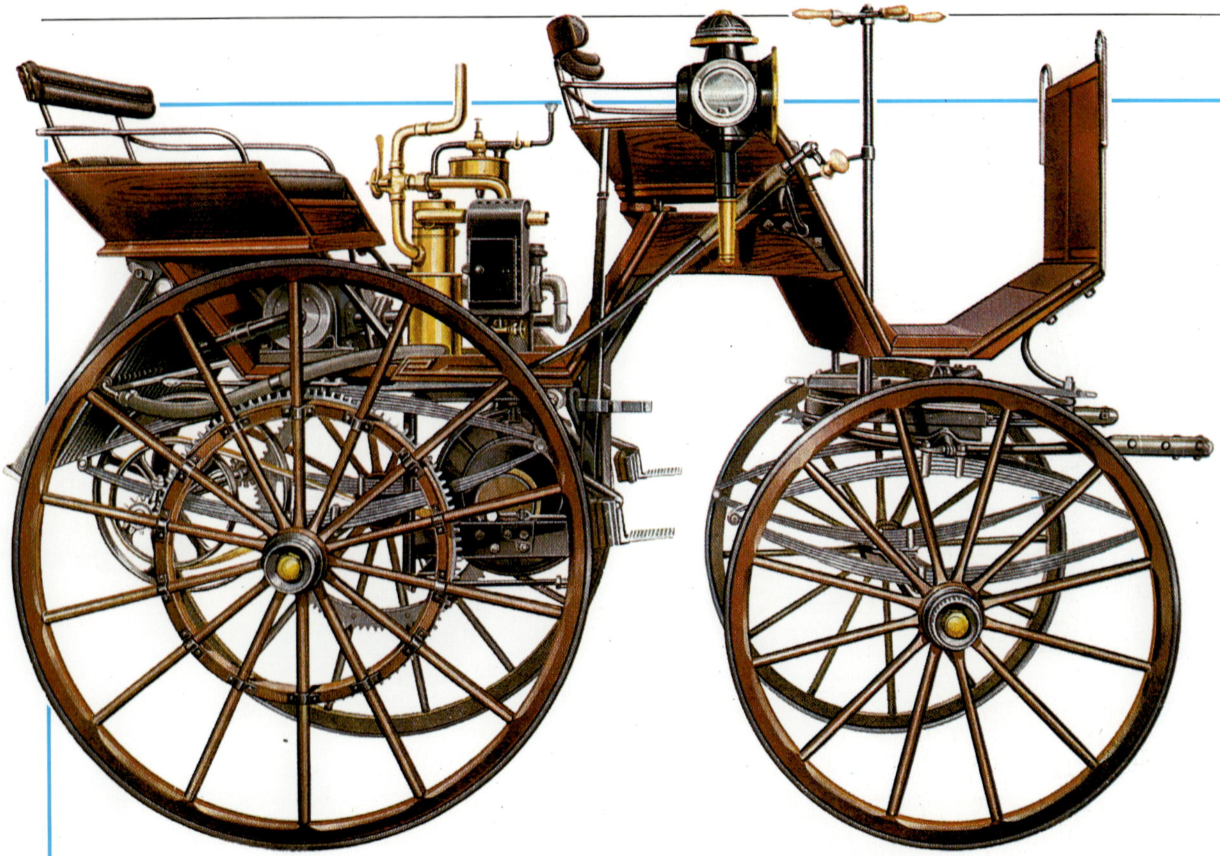

Wagen mit einem Daimler-Motor – 1886 (D). *Nachdem dieser von Daimler und Maybach entwickelte Motor zuerst in einem Motorrad und einem kleinen Boot installiert worden war, bewies er noch einmal seine Vielseitigkeit in einer Kalesche. Diese einzylindrige Maschine mit 469 Kubikzentimetern leistete 1,5 PS bei 700 Umdrehungen/Minute.*

Wagen mit einem patentierten Benz-Motor – 1886 (D). *Motor und Chassis bilden endlich eine Einheit, die eine neue, revolutionäre Idee vom Auto darstellt. Die erste offizielle Ausfahrt fand am 3. Juli 1886 in Mannheim statt. Bei dieser Gelegenheit wurden 15 km/h erreicht.*
Einzylindermotor mit 984 Kubikzentimetern und 0,9 PS bei 400 Umdrehungen/Minute.

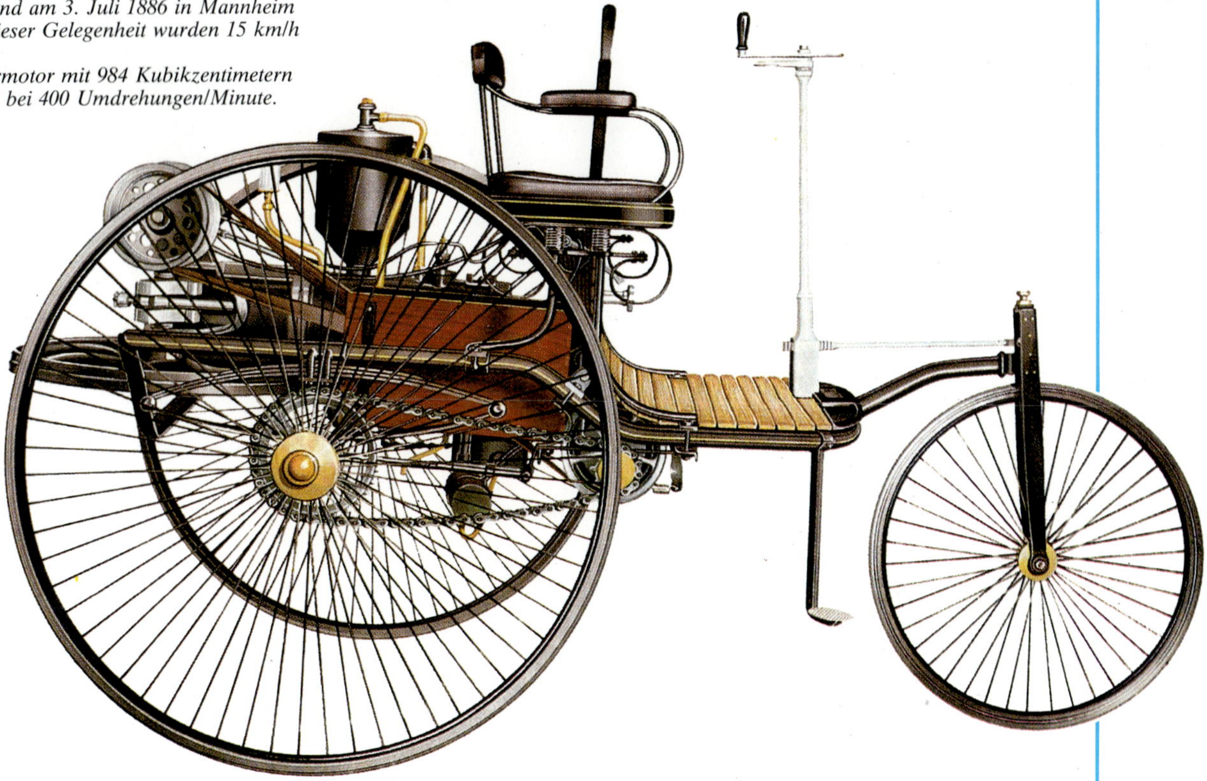

Rover 8 PS – 1904. *Das ist der erste vierrädrige Wagen, der von Rover hergestellt wurde. Geplant von E.W. Lewis, hatte er einen Einzylindermotor mit 8 PS, eine mechanische Bremse und den Schalthebel am Lenkrad.*

Cadillac A – 1902. *Die ersten Modelle, die von Cadillac gebaut wurden, wurden noch stark vom Stil der Ford-Modelle beeinflußt.*

④

⑤

⑥

④
Wagen: Chadwick Six Model 19
Jahr: 1910
Motor: Sechszylinder-Reihenmotor
Bohrung und Hub: 127 x 152,4 mm
Hubraum: 11583 cm^3
Getriebe: 4 Vorwärtsgänge
Aufhängung: Vorder- und Hinterradaufhängung mit halbelliptischen Federn.

⑤
Wagen: Buick Six
Jahr: 1918
Motor: Sechszylinder-Reihenmotor
Bohrung und Hub: 85,7 x 114,3 mm
Hubraum: 3957 cm^3
Getriebe: 3 Vorwärtsgänge
Aufhängung: Vorderradaufhängung mit halbelliptischen Blattfedern, Hinterradaufhängung mit Cantilever-Blattfedern

⑥
Wagen: Cadillac Series 314-7 Passenger Sedan
Jahr: 1925
Motor: Achtzylinder-V-Motor
Bohrung und Hub: 79,37 x 130,17 mm
Hubraum: 5153 cm^3
Getriebe: 3 Vorwärtsgänge
Aufhängung: Vorderradaufhängung mit halbelliptischen Blattfedern, Hinterradaufhängung mit halbelliptischen Längsdoppelblattfedern

Fiat 3 1/2 PS – 1899. *»Wir müssen dem Kunden ein Auto geben, das niemals stehenbleibt.« Auf dieser Grundlage wollte Giovanni Agnelli, nach den Erfahrungen mit dem Welleyes, die Produktion der neuen Fiat-Wagen aufnehmen. Das erste Modell, das noch in den alten Werkstätten von Ceriano (Turin) hergestellt wurde, war dieser kleine Duc mit zwei bis drei Sitzplätzen. Seine Schöpfer waren Marcello Alessio, der die Karosserie zeichnete, und der Ingenieur Facciolo, der den mechanischen Teil gestaltete. Der waagrechte Motor hatte zwei Zylinder mit 600 Kubikzentimetern. Insgesamt wurden acht Exemplare gebaut, von denen drei noch erhalten sind beziehungsweise im Turiner Automobilmuseum, im historischen Zentrum von Fiat und im amerikanischen Ford-Museum aufbewahrt werden.*

⑦

Wagen: Cord L 29
Jahr:1928
Motor: Achtzylinder-Reihenmotor
Bohrung und Hub: 82,5 x 114,2 mm
Hubraum: 5270 cm^3
Getriebe: 3 Vorwärtsgänge
Aufhängung: Vorderradaufhängung mit 2/4 elliptischen Blattfedern, Hinterradaufhängung mit halbelliptischen Blattfedern

⑧

Wagen: Chevrolet Superior Roadster
Jahr: 1924
Motor: Vierzylinder-Reihenmotor
Bohrung und Hub: 93,66 x 101,6 mm
Hubraum: 2800 cm^3
Getriebe: 3 Vorwärtsgänge
Aufhängung: Vorder- und Hinterradaufhängung mit 3/4 elliptischen Blattfedern

⑨

Wagen: Chrysler CD
Jahr: 1931
Motor: Achtzylinder-Reihenmotor
Bohrung und Hub: 85,7 x 127 mm
Hubraum: 4396 cm^3
Getriebe: 4 Vorwärtsgänge
Aufhängung: Vorder- und Hinterradaufhängung mit halbelliptischen Blattfedern

7

8

9

Ford S – 1908.

Mercedes Simplex – 1902.

(11)

(12)

(10)
Wagen: Cuningham Speedster
Jahr: 1919
Motor: Achtzylinder-V-Motor
Bohrung und Hub: 95 x 127 mm
Hubraum: 7204 cm^3
Getriebe: 4 Vorwärtsgänge
Aufhängung: Vorderradaufhängung mit halbelliptischen Blattfedern, Hinterradaufhängung mit 3/4 elliptischen Blattfedern

(11)
Wagen: De Soto Airflow SE
Jahr: 1934
Motor: Sechszylinder-Reihenmotor
Bohrung und Hub: 85,7 x 114,3 mm
Hubraum: 3956 cm^3
Getriebe: 3 Vorwärtsgänge
Aufhängung: Vorder- und Hinterradaufhängung mit halbelliptischen Blattfedern

(12)
Wagen: Dodge Four
Jahr: 1915
Motor: Vierzylinder-Reihenmotor
Bohrung und Hub: 98,4 x 114,3 mm
Hubraum: 3478 cm^3
Getriebe: 3 Vorwärtsgänge
Aufhängung: Vorderradaufhängung mit halbelliptischen Blattfedern, Hinterradaufhängung mit 3/4 elliptischen Blattfedern

Fiat 16/24 HP – 1903.

⑮

Peugeot Double Phaeton – 1903 (F). *Die Konstruktion dieses Wagens sah einen vorne liegenden Vierzylindermotor aus zwei Blöcken vor mit einem Getriebe-Differential-Block, der in der Mitte vor der Hinterachse eingebaut war. Der Hubraum betrug 3635 Kubikzentimeter. Das Fahrgestell aus gepreßtem Stahl war mit Holmen und Traversen versehen; die sehr präzise Lenkung war schraubenförmig und hatte eine Leitspindel.*

⑬
Wagen: Duesenberg Modell A
Jahr: 1922
Motor: Achtzylinder-Reihenmotor
Bohrung und Hub: 73 x 127 mm
Hubraum: 4261 cm^3
Getriebe: 3 Vorwärtsgänge
Aufhängung: Vorder- und Hinterradaufhängung mit halbelliptischen Blattfedern

⑭
Wagen: Detroit Electric
Jahr: 1918
Motor: unter dem Boden, elektrisch
Getriebe: 5 Vorwärtsgänge
Aufhängung: Vorderradaufhängung mit halbelliptischen Blattfedern, elliptische Hinterradaufhängung

⑮
Wagen: Duesenberg Modell J
Jahr: 1931
Motor: Achtzylinder-Reihenmotor
Bohrung und Hub: 95 x 120,5 mm
Hubraum: 6900 cm^3
Getriebe: 3 Vorwärtsgänge
Aufhängung: Vorder- und Hinterradaufhängung mit halbelliptischen Blattfedern, mit Stoßdämpfern ergänzt

(16)

(17)

(19)

(16)

Wagen: Ford Modell K
Jahr: 1906
Motor: Sechszylinder-Reihenmotor
Bohrung und Hub: 114,3 x 114,3 mm
Hubraum: 7040 cm^3
Getriebe: 2 Vorwärtsgänge
Aufhängung: Vorderradaufhängung mit halbelliptischen Blattfedern, Hinterradaufhängung mit elliptischen Blattfedern

(17)

Wagen: Du Pont Touring
Jahr: 1921
Motor: Vierzylinder-Reihenmotor
Bohrung und Hub: 100,01 x 130,17 mm
Hubraum: 4090 cm^3
Getriebe: 4 Vorwärtsgänge
Aufhängung: Vorder- und Hinterradaufhängung mit halbelliptischen Blattfedern

(18)

Wagen: Duesenberg Modell SJ
Jahr: 1936
Motor: Achtzylinder-Reihenmotor mit Kompressor
Bohrung und Hub: 95 x 120,5 mm
Hubraum: 6900 cm^3
Getriebe: 3 Vorwärtsgänge
Aufhängung: Vorder- und Hinterradaufhängung mit halbelliptischen Blattfedern, mit Stoßdämpfern ergänzt

(19)

Wagen: Ford Modell T
Jahr: 1908
Motor: Vierzylinder-Reihenmotor
Bohrung und Hub: 95 x 102 mm
Hubraum: 2984 cm^3
Getriebe: 2 Vorwärtsgänge
Aufhängung: Vorder- und Hinterradaufhängung mit Quer-Blattfedern

(18)

De Dion-Bouton Populaire – 1903 (F). *Das Geburtsdatum des »De Dion-Bouton et Trépardoux« geht auf das Jahr 1883 zurück, als Graf Albert de Dion zusammen mit George Bouton und seinem Schwager Trépardoux einen Dampfkessel plante, der von der französischen Marine auch verwendet wurde.*

20

21

22

(20)
Wagen: Graham Streak
Jahr: 1932
Motor: Achtzylinder-Reihenmotor
Bohrung und Hub: 79,4 x 101 mm
Hubraum: 4013 cm^3
Getriebe: 3 Vorwärtsgänge
Aufhängung: Vorder- und Hinterradaufhängung mit halbelliptischen Blattfedern

(21)
Wagen: Franklin Series 17
Jahr: 1933
Motor: luftgekühlter Zwölfzylinder-V-Motor
Bohrung und Hub: 82,5 x 102,5 mm
Hubraum: 6585 cm^3
Getriebe: 2 Vorwärtsgänge
Aufhängung: Vorder- und Hinterradaufhängung mit halbelliptischen Blattfedern

(22)
Wagen: Ford V8 Modell 18
Jahr: 1932
Motor: Achtzylinder-V-Motor
Bohrung und Hub: 77,8 x 95,2 mm
Hubraum: 3622 cm^3
Getriebe: 3 Vorwärtsgänge
Aufhängung: Vorder- und Hinterradaufhängung mit Quer-Blattfedern

(23)
Wagen: Hudson 37
Jahr: 1913
Motor: Vierzylinder-Reihenmotor
Bohrung und Hub: 101,6 x 133,4 mm
Hubraum: 4353 cm^3
Getriebe: 3 Vorwärtsgänge
Aufhängung: Vorderradaufhängung mit halbelliptischen Blattfedern, Hinterradaufhängung mit 3/4 elliptischen Blattfedern

(24)
Wagen: Kissel 8 75
Jahr: 1927
Motor: Achtzylinder-Reihenmotor
Bohrung und Hub: 84 x 120 mm
Hubraum: 4671 ccm
Getriebe: 3 Vorwärtsgänge
Aufhängung: Vorder- und Hinterradaufhängung mit halbelliptischen Blattfedern

White – 1912. *Dieser Wagen war als einer der ersten von White mit einem Innenverbrennungsmotor ausgerüstet, nachdem sich die amerikanische Firma 1911 entschlossen hatte, die Herstellung von Dampfmotoren aufzugeben. Dieser Wagen gehörte Präsident Theodore Roosevelt, der jahrelang ein treuer Kunde des Hauses war.*

23

24

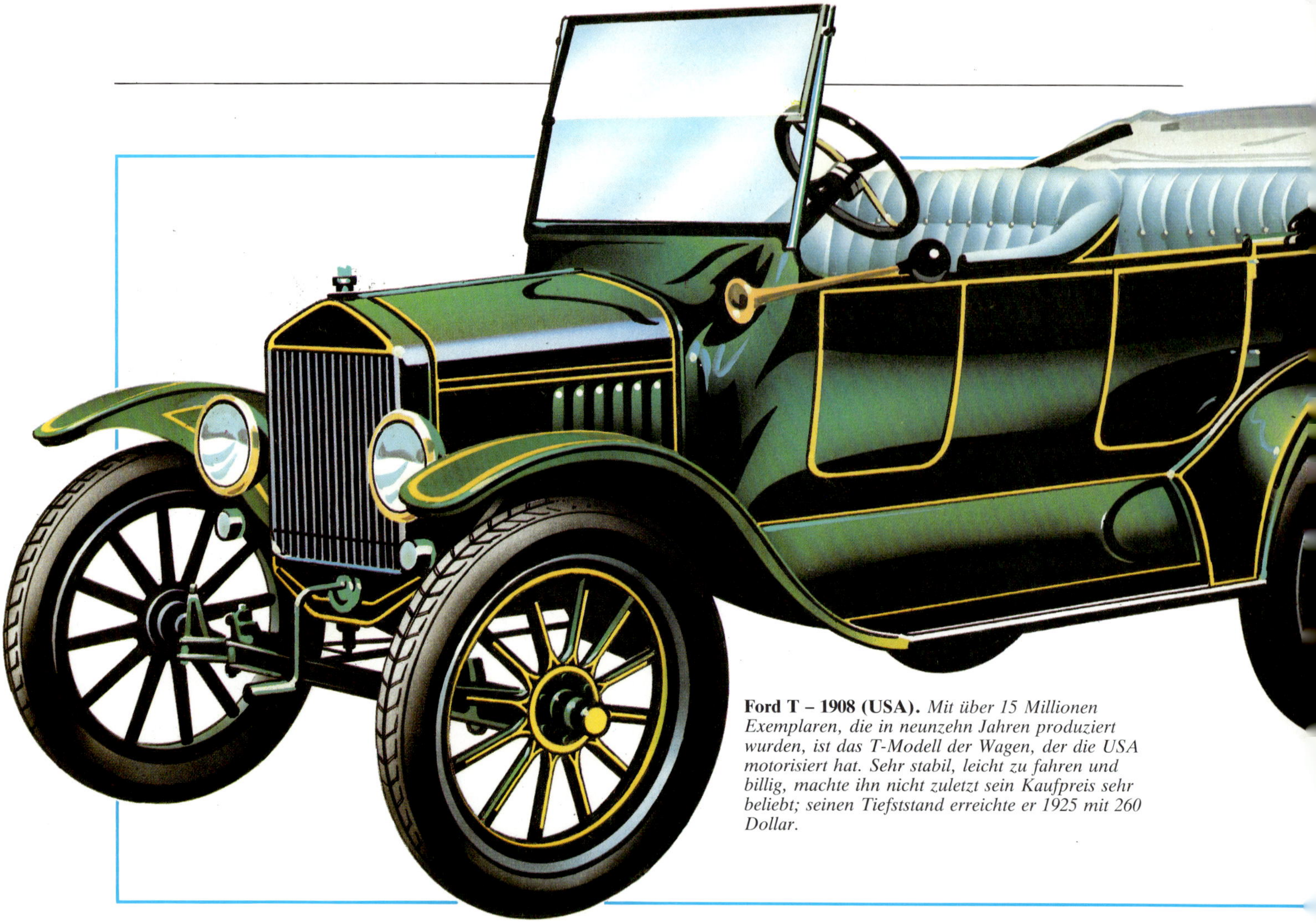

Ford T – 1908 (USA). *Mit über 15 Millionen Exemplaren, die in neunzehn Jahren produziert wurden, ist das T-Modell der Wagen, der die USA motorisiert hat. Sehr stabil, leicht zu fahren und billig, machte ihn nicht zuletzt sein Kaufpreis sehr beliebt; seinen Tiefststand erreichte er 1925 mit 260 Dollar.*

25

26

(27)

(28)

(29)

(25)
Wagen: Lincoln Zephyr Fastback
Jahr: 1936
Motor: Zwölfzylinder-V-Motor
Bohrung und Hub: 69,8 x 95,2 mm
Hubraum: 4387 cm^3
Getriebe: 3 Vorwärtsgänge
Aufhängung: Vorder- und Hinterradaufhängung mit Querblattfedern

(26)
Wagen: Locomobile Junior Eight
Jahr: 1925
Motor: Achtzylinder-Reihenmotor
Bohrung und Hub: 71,4 x 101,6 mm
Hubraum: 3254 cm^3
Getriebe: 3 Vorwärtsgänge
Aufhängung: Vorder- und Hinterradaufhängung mit halbelliptischen Blattfedern

(27)
Wagen: K.R.I.T. 25/30 HP
Jahr: 1912
Motor: Vierzylinder-Reihenmotor
Bohrung und Hub: 95 x 102 mm
Hubraum: 2998 cm^3
Getriebe: 3 Vorwärtsgänge
Aufhängung: Vorderradaufhängung mit halbelliptischen Blattfedern, Hinterradaufhängung mit elliptischen Blattfedern

(28)
Wagen: La Salle
Jahr: 1932
Motor: Achtzylinder-Reihenmotor
Bohrung und Hub: 85,4 x 125,4 mm
Hubraum: 5784 cm^3
Getriebe: 3 Vorwärtsgänge
Aufhängung: vordere Einzelradaufhängung mit Spiralfedern, Hinterradaufhängung mit halbelliptischen Blattfedern

(29)
Wagen: Lozier 50 HP
Jahr: 1913
Motor: Sechszylinder-Reihenmotor
Bohrung und Hub: 117,5 x 140 mm
Hubraum: 9112 cm^3
Getriebe: 4 Vorwärtsgänge
Aufhängung: Vorder- und Hinterradaufhängung mit halbelliptischen Blattfedern

Berlina, viertürig, von 1925. *Schon 1925 waren die Acetylenlichter durch elektrische Lampen ersetzt worden.*

30

31

32

33

34

35

(30)
Wagen: Marmon 16 V
Jahr: 1931
Motor: Sechzehnzylinder-V-Motor
Bohrung und Hub: 79 x 101 mm
Hubraum: 8000 cm^3
Getriebe: 3 Vorwärtsgänge
Aufhängung: Vorder- und Hinterradaufhängung mit Doppelblattfedern

(31)
Wagen: Nash Four
Jahr: 1922
Motor: Vierzylinder-Reihenmotor
Bohrung und Hub: 85,7 x 127 mm
Hubraum: 2924 cm^3
Getriebe: 3 Vorwärtsgänge
Aufhängung: Vorder- und Hinterradaufhängung mit halbelliptischen Blattfedern

(32)
Wagen: Mercer 35 T
Jahr: 1912
Motor: Vierzylinder-Reihenmotor
Bohrung und Hub: 110 x 126 mm
Hubraum: 4789 cm^3
Getriebe: 3 oder 4 Vorwärtsgänge
Aufhängung: Vorder- und Hinterradaufhängung mit halbelliptischen Blattfedern, mit Hardford-Kupplungsstoßdämpfern ergänzt

(33)
Wagen: Oakland 6-54
Jahr: 1924
Motor: Sechszylinder-Reihenmotor
Bohrung und Hub: 71,4 x 120,7 mm
Hubraum: 2899 cm^3
Getriebe: 3 Vorwärtsgänge
Aufhängung: Vorder- und Hinterradaufhängung mit halbelliptischen Blattfedern

(34)
Wagen: Oldsmobile 43 A
Jahr: 1921
Motor: Vierzylinder-Reihenmotor
Bohrung und Hub: 93,66 x 133,5 mm
Hubraum: 3675 cm^3
Getriebe: 3 Vorwärtsgänge
Aufhängung: mit schwankenden Achswellen

(35)
Wagen: Maxwell 50-6
Jahr: 1914
Motor: Sechszylinder-Reihenmotor
Bohrung und Hub: 104,8 x 120,7 mm
Hubraum: 6246 cm^3
Getriebe: 3 Vorwärtsgänge
Aufhängung: Vorderradaufhängung mit halbelliptischen Blattfedern, Hinterradaufhängung mit 3/4 elliptischen Blattfedern

Rolls-Royce Continental – 1913. *Von Radley gefahren, gewann dieses Auto die berühmten »Alpine Trials« 1913. Zu beachten sind der Korken des Kühlers und die elektrischen Lichter, die eigens für dieses Rennen angebracht wurden.*

36

37

38

(39)

(40)

(41)

(36)
Wagen: Peerless 24 PS
Jahr: 1904
Motor: Vierzylinder-Reihenmotor
Bohrung und Hub: 108 x 102 mm
Hubraum: 3720 cm^3
Getriebe: 4 Vorwärtsgänge
Aufhängung: Vorder- und Hinterradaufhängung mit halbelliptischen Blattfedern

(37)
Wagen: Pierce-Arrow 48 Roadster
Jahr: 1915
Motor: Sechszylinder-Reihenmotor
Bohrung und Hub: 114,3 x 139,7 mm
Hubraum: 8577 cm^3
Getriebe: 4 Vorwärtsgänge
Aufhängung: Vorderradaufhängung mit halbelliptischen Blattfedern, Hinterradaufhängung mit 3/4 elliptischen Blattfedern

(38)
Wagen: Packard Twin Six
Jahr: 1916
Motor: 2 Sechszylinder-Reihenmotoren nebeneinander angeordnet
Bohrung und Hub: 76,2 x 127 mm
Hubraum: 6950 cm^3
Getriebe: 3 Vorwärtsgänge
Aufhängung: Vorder- und Hinterradaufhängung mit halbelliptischen Blattfedern

(39)
Wagen: Packard Twelve
Jahr: 1933
Motor: Zwölfzylinder-V-Motor
Bohrung und Hub: 87,3 x 101,6 mm
Hubraum: 7300 cm^3
Getriebe: 3 Vorwärtsgänge
Aufhängung: Vorder- und Hinterradaufhängung mit halbelliptischen Blattfedern

(40)
Wagen: Overland Whippet Four
Jahr: 1926
Motor: Vierzylinder-Reihenmotor
Bohrung und Hub: 79,4 x 111,1 mm
Hubraum: 2199 cm^3
Getriebe: 3 Vorwärtsgänge
Aufhängung: Vorder- und Hinterradaufhängung mit halbelliptischen Blattfedern

(41)
Wagen: Packard Super Eight
Jahr: 1928
Motor: Achtzylinder-Reihenmotor
Bohrung und Hub: 87,3 x 101,6 mm
Hubraum: 6318 cm^3
Getriebe: 3 Vorwärtsgänge
Aufhängung: Vorder- und Hinterradaufhängung mit halbelliptischen Blattfedern

(42)

(43)

(44)

(42)
Wagen: Siearns 45-90 HP
Jahr: 1908
Motor: Sechszylinder-Reihenmotor
Bohrung und Hub: 136,5 x 149 mm
Hubraum: 13088 cm^3
Getriebe: 4 Vorwärtsgänge
Aufhängung: Vorder- und Hinterradaufhängung mit halbelliptischen Blattfedern

(43)
Wagen: Plymouth
Jahr: 1928
Motor: Vierzylinder-Reihenmotor
Bohrung und Hub: 92,75 x 104,77 mm
Hubraum: 2790 cm^3
Getriebe: 3 Vorwärtsgänge
Aufhängung: Vorder- und Hinterradaufhängung mit halbelliptischen Blattfedern

(44)
Wagen: Stanley 10 HP
Jahr: 1911
Motor: Dampf-Zweizylinder
Aufhängung: Vorder- und Hinterradaufhängung mit halbelliptischen Blattfedern

(45)
Wagen: Reo Sedan A
Jahr: 1927
Motor: Sechszylinder-Reihenmotor
Bohrung und Hub: 82,55 x 127 mm
Hubraum: 4078 cm^3
Getriebe: 3 Vorwärtsgänge
Aufhängung: Vorder- und Hinterradaufhängung halbschwimmend

(46)
Wagen: Simplex 50 HP
Jahr: 1912
Motor: Vierzylinder-Reihenmotor
Bohrung und Hub: 146 x 146 mm
Hubraum: 9777,5 cm^3
Getriebe: 4 Vorwärtsgänge
Aufhängung: Vorder- und Hinterradaufhängung mit halbelliptischen Blattfedern

(47)
Wagen: Rambler 38 HP
Jahr: 1912
Motor: Vierzylinder-Reihenmotor
Bohrung und Hub: 114 x 114 mm
Hubraum: 4700 cm^3
Getriebe: 3 Vorwärtsgänge
Aufhängung: Vorderradaufhängung mit halbelliptischen Blattfedern, Hinterradaufhängung mit 3/4 elliptischen Blattfedern

Panhard Levassor Sport Skiff – 1913. *Dieser Wagen, von dem Karosseriebauer Labourdette entworfen, wurde wegen seines schiffsähnlichen Aussehens Skift (Kanu) genannt. Er war mit einer dreifachen Bootsdeckbeplankung versehen und hatte keine Türen.*

45

46

47

(48)

(49)

(50)

(48)
Wagen: Studebaker Erskine
Jahr: 1927
Motor: Sechszylinder-Reihenmotor
Bohrung und Hub: 66,67 x 114,3 mm
Hubraum: 2395 cm^3
Getriebe: 3 Vorwärtsgänge
Aufhängung: Vorder- und Hinterradaufhängung mit halbelliptischen Blattfedern

(49)
Wagen: Stutz Bearcat
Jahr: 1914
Motor: Vierzylinder-Reihenmotor
Bohrung und Hub: 121 x 140 mm
Hubraum: 6369 cm^3
Getriebe: 3 Vorwärtsgänge
Aufhängung: Vorder- und Hinterradaufhängung mit halbelliptischen Blattfedern

(50)
Wagen: Thomas Flyer 6-60
Jahr: 1907
Motor: Sechszylinder-Reihenmotor
Bohrung und Hub: 140 x 140 mm
Hubraum: 12936 cm^3
Getriebe: 4 Vorwärtsgänge
Aufhängung: Vorder- und Hinterradaufhängung mit halbelliptischen Blattfedern

(51)
Wagen: Wheels Sainte Claire
Jahr: 1922
Motor: Achtzylinder-V-Motor
Bohrung und Hub: 82,55 x 101,6 mm
Hubraum: 4350 cm^3
Getriebe: 3 Vorwärtsgänge
Aufhängung: Vorder- und Hinterradaufhängung mit halbelliptischen Blattfedern

(52)
Wagen: White 30 HP
Jahr: 1908
Motor: Dampf-Zweizylinder
Getriebe: 2 Vorwärtsgänge

(53)
Wagen: Winton Tourer 17 B
Jahr: 1911
Motor: Sechszylinder-Reihenmotor
Bohrung und Hub: 114,3 x 127 mm
Hubraum: 7819 cm^3
Getriebe: 4 Vorwärtsgänge
Aufhängung: Vorder- und Hinterradaufhängung mit halbelliptischen Blattfedern

T-Station Wagon von 1921. *Ford war der erste, der im Katalog von 1915 einen Station Wagon mit einem Holzüberbau anbot.*

51

52

53

54

55

56

(54)

Wagen: Wood Mobilette
Jahr: 1914
Motor: Vierzylinder-Reihenmotor
Bohrung und Hub: 65,3 x 88,9 mm
Hubraum: 1132 cm^3
Getriebe: 2 Vorwärtsgänge
Aufhängung: Vorderradaufhängung mit halbelliptischen Blattfedern, Hinterradaufhängung mit elliptischen Blattfedern

(55)

Wagen: A.C. Six
Jahr: 1922
Motor: Sechszylinder-Reihenmotor
Bohrung und Hub: 65 x 100 mm
Hubraum: 1991 cm^3
Getriebe: 3 Vorwärtsgänge
Aufhängung: Vorder- und Hinterradaufhängung mit halbelliptischen Blattfedern

(56)

Wagen: Alblon A 6
Jahr: 1906
Motor: Vierzylinder
Bohrung und Hub: 108 x 114 mm
Hubraum: 4180 cm^3
Getriebe: 4 Vorwärtsgänge
Aufhängung: Vorderradaufhängung mit halbelliptischen Blattfedern, Hinterradaufhängung mit ganzen Blattfedern

(57)

Wagen: Alvis 12/50 S
Jahr: 1923
Motor: Vierzylinder-Reihenmotor
Bohrung und Hub: 68 x 103 mm
Hubraum: 1496 cm^3
Getriebe: 4 Vorwärtsgänge
Aufhängung: Vorder- und Hinterradaufhängung mit halbelliptischen Blattfedern

(58)

Wagen: Argyll 15-30 HP
Jahr: 1913
Motor: Vierzylinder-Reihenmotor
Bohrung und Hub: 80 x 130 mm
Hubraum: 2614 cm^3
Getriebe: 4 Vorwärtsgänge
Aufhängung: Vorderradaufhängung mit halbelliptischen Blattfedern, Hinterradaufhängung mit 3/4 elliptischen Blattfedern
Preis: 495 £ (1914)

(59)

Wagen: Aroll-Johnston 15-9 HP
Jahr: 1911
Motor: Vierzylinder-Reihenmotor
Bohrung und Hub: 80 x 120 mm
Hubraum: 2414 cm^3
Getriebe: 4 Vorwärtsgänge
Aufhängung: Vorderradaufhängung mit halbelliptischen Blattfedern, Hinterradaufhängung mit elliptischen Blattfedern

(57)

(58)

(59)

Minerva – 1927. *Minerva war wegen der hohen Qualität ihrer Wagen, wie das abgebildete Beispiel zeigt, eine der bekanntesten und geschätztesten Autofirmen Belgiens.*

60

61

62

Lincoln – 1928. *1912 von Henry Leland hergestellt, wurde er nach einem Jahr von Ford übernommen, der mit diesem Luxuswagen vorhatte, Cadillac Konkurrenz zu machen.*

63

64

65

(60)
Wagen: Aston-Martin
Jahr: 1922
Motor: Vierzylinder-Reihenmotor
Bohrung und Hub: 65 x 112 mm
Hubraum: 1484 cm^3
Getriebe: 4 Vorwärtsgänge
Aufhängung: Vorder- und Hinterradaufhängung mit halbelliptischen Blattfedern

(61)
Wagen: Austin Seven Baby
Jahr: 1924
Motor: Vierzylinder-Reihenmotor
Bohrung und Hub: 56 x 76,2 mm
Hubraum: 747,5 cm^3
Getriebe: 3 Vorwärtsgänge
Aufhängung: Vorderradaufhängung mit halbelliptischen Blattfedern, Hinterradaufhängung mit 1/4 elliptischen Blattfedern

(62)
Wagen: Bean 14 HP
Jahr: 1926
Motor: Vierzylinder
Bohrung und Hub: 75 x 135 mm
Hubraum: 2385 cm^3
Getriebe: 4 Vorwärtsgänge
Aufhängung: Vorder- und Hinterradaufhängung mit halbelliptischen Blattfedern

(63)
Wagen: Belsize 10/12 HP
Jahr: 1912
Motor: Vierzylinder-Reihenmotor
Bohrung und Hub: 69 x 130 mm
Hubraum: 1945 cm^3
Getriebe: 3 Vorwärtsgänge
Aufhängung: Vorder- und Hinterradaufhängung mit halbelliptischen Blattfedern

(64)
Wagen: Bentley 4 1/2 Liter
Jahr: 1929
Motor: Vierzylinder-Reihenmotor
Bohrung und Hub: 100 x 140 mm
Hubraum: 4398,24 cm^3
Getriebe: 4 Vorwärtsgänge
Aufhängung: Vorder- und Hinterradaufhängung mit halbelliptischen Blattfedern

(65)
Wagen: Calcott 10.5 HP
Jahr: 1913
Motor: Vierzylinder-Reihenmotor
Bohrung und Hub: 65 x 110 mm
Hubraum: 1460 cm^3
Getriebe: 3 Vorwärtsgänge
Aufhängung: Vorder- und Hinterradaufhängung mit halbelliptischen Blattfedern
Preis: 201 £ (1915)

66

67

68

(66)
Wagen: Calthorpe Minor
Jahr: 1914
Motor: Vierzylinder-Reihenmotor
Bohrung und Hub: 62 x 90 mm
Hubraum: 1087 cm^3
Getriebe: 3 Vorwärtsgänge
Aufhängung: Vorder- und Hinterradaufhängung mit halbelliptischen Blattfedern
Preis: 179 £

(67)
Wagen: Clyde 12/14 HP
Jahr: 1906
Motor: vertikaler White & Poppe Dreizylinder-Motor
Bohrung und Hub: 80 x 90 mm
Hubraum: 1416 cm^3
Getriebe: 3 Vorwärtsgänge
Aufhängung: Vorder- und Hinterradaufhängung mit halbelliptischen Blattfedern
Preis: 250 £

(68)
Wagen: Daimler 20 HP
Jahr: 1914
Motor: Vierzylinder-Reihenmotor
Bohrung und Hub: 90 x 130 mm
Hubraum: 3300 cm^3
Getriebe: 4 Vorwärtsgänge
Aufhängung: Vorder- und Hinterradaufhängung mit halbelliptischen Blattfedern

(69)
Wagen: Daisy 12 HP
Jahr: 1910
Motor: Vierzylinder-Reihenmotor
Bohrung und Hub: 75 x 110 mm
Hubraum: 1944 cm^3
Getriebe: 3 Vorwärtsgänge
Aufhängung: Vorderradaufhängung mit halbelliptischen Blattfedern, Hinterradaufhängung mit 3/4 elliptischen Blattfedern

(70)
Wagen: Ford Ten
Jahr: 1936
Motor: Vierzylinder-Reihenmotor
Bohrung und Hub: 63,5 x 92,5 mm
Hubraum: 1172 cm^3
Getriebe: 3 Vorwärtsgänge
Aufhängung: Vorder- und Hinterradaufhängung mit Quer-Blattfedern

(71)
Wagen: G.M.
Jahr: 1921
Motor: Zweizylinder-V-Motor
Bohrung und Hub: 84 x 98 mm
Hubraum: 1087 cm^3
Getriebe: 3 Vorwärtsgänge
Aufhängung: Vorder- und Hinterradaufhängung mit 1/4 elliptischen Blattfedern

69

70

71

Delage D8 – 1932. *Die Delage-Serie D8 erregte wegen ihrer sportlichen und gleichzeitig eleganten Linie Aufmerksamkeit. Der Wagen hatte einen Achtzylindermotor mit 4050 Kubikzentimetern.*

Stutz 8 Club Coupé – 1928. *Nachdem Stutz ursprünglich nur Sportwagen hergestellt hatte, wendete man sich ab 1928 auch dem Luxusmarkt zu. Die Wagen sind für ihre Achtzylindermotoren mit 96 PS ebenso bekannt wie für die Qualität ihrer Ausstattung.*

72

73

74

(75)

(76)

(77)

(72)
Wagen: Guy
Jahr: 1919
Motor: Achtzylinder-V-Motor
Bohrung und Hub: 72 x 125 mm
Hubraum: 4072 cm^3
Getriebe: 4 Gänge
Aufhängung: Vorder- und Hinterradaufhängung mit halbelliptischen Blattfedern
Preis: 1625 £

(73)
Wagen: Humber 8 HP
Jahr: 1909
Motor: vertikaler Zweizylindermotor
Bohrung und Hub: 90 x 120 mm
Hubraum: 1525 cm^3
Getriebe: 3 Vorwärtsgänge
Aufhängung: Vorder- und Hinterradaufhängung mit halbelliptischen Blattfedern

(74)
Wagen: Invicta 4500 S
Jahr: 1931
Motor: Sechszylinder-Reihenmotor
Bohrung und Hub: 88,5 x 120,6 mm
Hubraum: 4467 cm^3
Getriebe: 4 Vorwärtsgänge
Aufhängung: Vorder- und Hinterradaufhängung mit halbelliptischen Blattfedern, ergänzt mit hydraulischen Stoßdämpfern

(75)
Wagen: SS 1
Jahr: 1934
Motor: Sechszylinder-Reihenmotor
Bohrung und Hub: 65,5 x 101,6 mm
Hubraum: 2025 cm^3
Getriebe: 4 Vorwärtsgänge
Aufhängung: Vorder- und Hinterradaufhängung mit halbelliptischen Blattfedern

(76)
Wagen: Jowett
Jahr: 1911
Motor: Zweizylinder-Motor
Bohrung und Hub: 72 x 102 mm
Hubraum: 826 cm^3
Getriebe: 3 Vorwärtsgänge
Aufhängung: Vorder- und Hinterradaufhängung mit halbelliptischen Blattfedern
Preis: 152 £

(77)
Wagen: Lagonda 14-60 HP
Jahr: 1927
Motor: Vierzylinder-Reihenmotor
Bohrung und Hub: 72 x 120 mm
Hubraum: 1954 cm^3
Getriebe: 4 Vorwärtsgänge
Aufhängung: Vorder- und Hinterradaufhängung mit halbelliptischen Blattfedern

(78)

(79)

(80)

(81)

82

83

84

(78)

Wagen: Lanchester 20 HP
Jahr: 1908
Motor: Vierzylinder-Reihenmotor
Bohrung und Hub: 102 x 76 mm
Hubraum: 2485 cm^3
Getriebe: 3 Vorwärtsgänge
Aufhängung: Vorder- und Hinterradaufhängung mit Cantilever-Blattfedern

(79)

Wagen: Lea-Francis Ulster
Jahr: 1928
Motor: Vierzylinder-Reihenmotor
Bohrung und Hub: 69 x 100 mm
Hubraum: 1496 cm^3
Getriebe: 4 Gänge
Aufhängung: Vorder- und Hinterradaufhängung mit halbelliptischen Blattfedern

(80)

Wagen: MG Midget M Type
Jahr: 1930
Motor: Vierzylinder-Reihenmotor
Bohrung und Hub: 57 x 83 mm
Getriebe: 4 Vorwärtsgänge
Aufhängung: Vorder- und Hinterradaufhängung mit halbelliptischen Blattfedern
Preis: 185 £ (1929)

(81)

Wagen: Napier 40-50
Jahr: 1922
Motor: Sechszylinder-Reihenmotor
Bohrung und Hub: 102 x 127 mm
Hubraum: 6246 cm^3
Getriebe: 4 Vorwärtsgänge
Aufhängung: Vorderradaufhängung mit halbelliptischen Blattfedern, Hinterradaufhängung mit Cantilever-Blattfedern

(82)

Wagen: Morgan Cyclecar
Jahr: 1914
Motor: Jap-Zweizylinder-V-Motor
Bohrung und Hub: 85,5 x 85 mm
Hubraum: 976 cm^3
Getriebe: 2 Vorwärtsgänge
Aufhängung: Vorderradaufhängung mit vertikaler, teleskopischer Strebe und Schraubenfeder, Hinterradaufhängung mit Cantilever-Blattfedern

(83)

Wagen: Morris Cowley
Jahr: 1920
Motor: Vierzylinder-Reihenmotor
Bohrung und Hub: 69 x 103,5 mm
Hubraum: 1550 cm^3
Getriebe: 3 Vorwärtsgänge
Aufhängung: Vorderradaufhängung mit halbelliptischen Blattfedern, Hinterradaufhängung mit Semi-Cantilever-Blattfedern

(84)

Wagen: Perry
Jahr: 1914
Motor: Vierzylinder-Reihenmotor
Bohrung und Hub: 69 x 120 mm
Hubraum: 1796 cm^3
Getriebe: 3 Vorwärtsgänge
Aufhängung: Vorder- und Hinterradaufhängung mit halbelliptischen Blattfedern

85

86

87

(85)
Wagen: Rolls-Royce 20-25 HP
Jahr: 1929
Motor: Sechszylinder-Reihenmotor
Bohrung und Hub: 82,55 x 114,3 mm
Hubraum: 3670 cm^3
Getriebe: 4 Vorwärtsgänge
Aufhängung: Vorder- und Hinterradaufhängung mit halbelliptischen Blattfedern

(86)
Wagen: Singer 10 HP
Jahr: 1912
Motor: Vierzylinder-Reihenmotor
Bohrung und Hub: 63 x 88 mm
Hubraum: 1096 cm^3
Getriebe: 3 Vorwärtsgänge
Aufhängung: Vorder- und Hinterradaufhängung mit halbelliptischen Blattfedern

(87)
Wagen: Riley 10 HP
Jahr: 1909
Motor: Zweizylinder-V-Motor
Bohrung und Hub: 96 x 96 mm
Hubraum: 1388 cm^3
Getriebe: 3 Vorwärtsgänge
Aufhängung: Vorder- und Hinterradaufhängung mit halbelliptischen Blattfedern

(88)
Wagen: Rolls-Royce Silver Ghost
Jahr: 1907
Motor: Sechszylinder-Reihenmotor
Bohrung und Hub: 114 x 114 mm
Hubraum: 7036 cm^3
Getriebe: 3 Vorwärtsgänge
Aufhängung: Vorderradaufhängung mit halbelliptischen Blattfedern, Hinterradaufhängung mit halbelliptischen Blattfedern und unterstützender Querblattfeder
Preis des Fahrgestells: 985 £

(89)
Wagen: Rover Twelve
Jahr: 1912
Motor: Vierzylinder-Reihenmotor
Bohrung und Hub: 75 x 130 mm
Hubraum: 2297 cm^3
Getriebe: 4 Vorwärtsgänge
Aufhängung: Vorder- und Hinterradaufhängung mit halbelliptischen Blattfedern
Preis: 310 £

(90)

(91)

(92)

(93)

94

95

96

90

Wagen: Stellite
Jahr: 1914
Motor: Vierzylinder-Reihenmotor
Bohrung und Hub: 62 x 89 mm
Hubraum: 1075 cm^3
Getriebe: 3 Vorwärtsgänge
Aufhängung: Vorder- und Hinterradaufhängung mit halbelliptischen Blattfedern
Preis: 158 £

91

Wagen: Standard 9-5 HP
Jahr: 1913
Motor: Vierzylinder-Reihenmotor
Bohrung und Hub: 62 x 90 mm
Hubraum: 1087 cm^3
Getriebe: 3 Vorwärtsgänge
Aufhängung: Vorder- und Hinterradaufhängung mit halbelliptischen Blattfedern

92

Wagen: Sunbeam 20 HP
Jahr: 1930
Motor: Sechszylinder-Reihenmotor
Bohrung und Hub: 75 x 110 mm
Hubraum: 2916 cm^3
Getriebe: 4 Vorwärtsgänge
Aufhängung: Vorder- und Hinterradaufhängung mit halbelliptischen Blattfedern

93

Wagen: Vauxhall Prince Henry
Jahr: 1914
Motor: Vierzylinder-Reihenmotor
Bohrung und Hub: 95 x 140 mm
Hubraum: 3969 cm^3
Getriebe: 4 Vorwärtsgänge
Aufhängung: Vorder- und Hinterradaufhängung mit halbelliptischen Blattfedern
Preis: 605 £ (Torpedo)

94

Wagen: Tamplin
Jahr: 1920
Motor: Zweizylinder-V-Motor
Bohrung und Hub: 85 x 85 mm
Hubraum: 920 cm^3
Getriebe: 3 Vorwärtsgänge
Aufhängung: Vorderradaufhängung: Einzelradaufhängung mit innenliegenden Schraubenfedern, Hinterradaufhängung mit 1/4 elliptischen Blattfedern

95

Wagen: Triumph Super 7
Jahr: 1928
Motor: Vierzylinder-Reihenmotor
Bohrung und Hub: 56,5 x 83 mm
Hubraum: 832 cm^3
Getriebe: 3 Vorwärtsgänge
Aufhängung: Vorder- und Hinterradaufhängung mit halbelliptischen Blattfedern

96

Wagen: Trojan PB
Jahr: 1923
Motor: Boxer-Vierzylinder-Zweitaktmotor
Bohrung und Hub: 63,5 x 120,7 mm
Hubraum: 1523 cm^3
Getriebe: 2 Vorwärtsgänge
Aufhängung: Vorder- und Hinterradaufhängung mit Cantilever-Blattfedern

97

98

99

(97)

Wagen: Berliet VL 16 CV
Jahr: 1921
Motor: Vierzylinder-Reihenmotor
Bohrung und Hub: 90 x 130 mm
Hubraum: 3308 cm^3
Getriebe: 3 Vorwärtsgänge
Aufhängung: Vorderradaufhängung mit halbelliptischen Blattfedern, Hinterradaufhängung mit Cantilever-Blattfedern
Preis: 9500 FF

(98)

Wagen: Brasie Type VL
Jahr: 1908
Motor: vertikaler Zweizylinder
Bohrung und Hub: 90 x 120 mm
Hubraum: 1520 cm^3
Getriebe: 3 Vorwärtsgänge
Aufhängung: Vorderradaufhängung mit halbelliptischen Blattfedern, Hinterradaufhängung mit 1/4 elliptischen Blattfedern

(99)

Wagen: Wolseley 16/20 HP
Jahr: 1911
Motor: Vierzylinder-Reihenmotor
Bohrung und Hub: 90 x 121 mm
Hubraum: 3080 cm^3
Getriebe: 4 Vorwärtsgänge
Aufhängung: Vorderradaufhängung mit halbelliptischen Blattfedern, Hinterradaufhängung mit 3/4 elliptischen Blattfedern

(100)

Wagen: Bugatti 57 S
Jahr: 1936
Motor: Achtzylinder-Reihenmotor
Bohrung und Hub: 72 x 100 mm
Hubraum: 3257 cm^3
Getriebe: 4 Vorwärtsgänge
Aufhängung: Vorderradaufhängung mit halbelliptischen Blattfedern, Hinterradaufhängung mit umgekehrten, 1/4 elliptischen Blattfedern und hydraulischen Stoßdämpfern

(101)

Wagen: Bugatti 50 T
Jahr: 1932
Motor: Achtzylinder-Reihenmotor
Bohrung und Hub: 86 x 107 mm
Hubraum: 4972 cm^3
Getriebe: 3 Vorwärtsgänge
Aufhängung: Vorderradaufhängung mit halbelliptischen Blattfedern, Hinterradaufhängung mit umgekehrten, 1/4 elliptischen Blattfedern

Rolls-Royce Phantom II – 1935 (GB). *Dieses Auto, Erbe des ersten Phantom, wurde von 1929 bis 1935 in 1767 Exemplaren gebaut. Das ganz neue Chassis hat Aufhängungen mit starren Achsen und halbelliptischen Blattfedern. Das Getriebe mit vier Übersetzungen war in einem Block mit dem Motor eingebaut. Dieser war ein Sechszylinder-Reihenmotor mit 7,7 Liter.*

101

100

(102)

(103)

(104)

(102)

Wagen: Chennard-Waicker
Jahr: 1926
Motor: Vierzylinder-Reihenmotor
Bohrung und Hub: 66 x 80 mm
Hubraum: 1095 cm^3
Getriebe: 4 Vorwärtsgänge
Aufhängung: Vorder- und Hinterradaufhängung mit halbelliptischen Blattfedern

(103)

Wagen: Bugatti 41 Royale
Jahr: 1926 – 1933
Motor: Achtzylinder-Reihenmotor
Bohrung und Hub: 125 x 130 mm
Hubraum: 12760 cm^3
Getriebe: 3 Vorwärtsgänge
Aufhängung: Vorderradaufhängung mit halbelliptischen Blattfedern, Hinterradaufhängung mit 1/4 elliptischen Blattfedern, zwei Cantilever-Blattfedern und hydraulischen Stoßdämpfern

(104)

Wagen: Citroën 5 CV Type C
Jahr: 1922
Motor: Vierzylinder-Reihenmotor
Bohrung und Hub: 55 x 90 mm
Hubraum: 856 cm^3
Getriebe: 3 Vorwärtsgänge
Aufhängung: Vorder- und Hinterradaufhängung mit vier Semi-Cantilever-Blattfedern

(105)

Wagen: Darracq Type A 25 CV
Jahr: 1920
Motor: Achtzylinder-V-Motor
Bohrung und Hub: 75 x 130 mm
Hubraum: 4594 cm^3
Getriebe: 4 Vorwärtsgänge
Aufhängung: Vorderradaufhängung mit halbelliptischen Blattfedern, Hinterradaufhängung mit Cantilever-Blattfedern

(106)

Wagen: Clément-Bayard Type 4M
Jahr: 1911
Motor: Vierzylinder-Reihenmotor
Bohrung und Hub: 60 x 120 mm
Hubraum: 1354 cm^3
Getriebe: 3 Vorwärtsgänge
Aufhängung: Vorder- und Hinterradaufhängung mit halbelliptischen Blattfedern

(107)

Wagen: De Dion 25 HP
Jahr: 1920
Motor: Dreizylinder-V-Motor
Bohrung und Hub: 70 x 120 mm
Hubraum: 3600 cm^3
Getriebe: 4 Vorwärtsgänge
Aufhängung: Vorder- und Hinterradaufhängung mit halbelliptischen Blattfedern

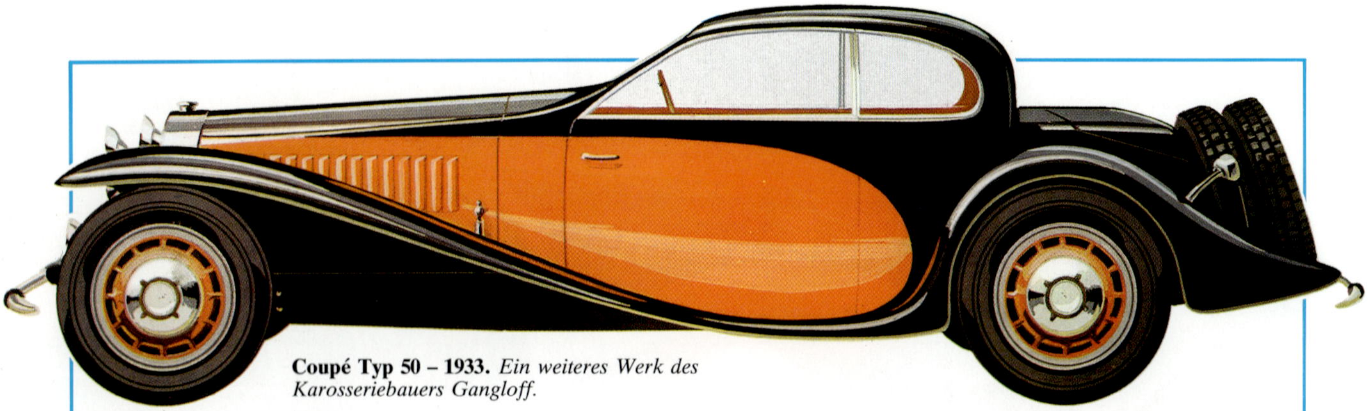

Coupé Typ 50 – 1933. *Ein weiteres Werk des Karosseriebauers Gangloff.*

105

106

107

Packard Phaeton – 1936 (USA)

108

109

110

(111)

(112)

(113)

(108)

Wagen: Le Zèbre 4 CV
Jahr: 1911
Motor: Einzylinder
Bohrung und Hub: 85 x 106 mm
Hubraum: 616 cm^3
Getriebe: 2 Gänge
Aufhängung: Vorder- und Hinterradaufhängung mit halbelliptischen Blattfedern

(109)

Wagen: Delahaye 135
Jahr: 1934
Motor: Sechszylinder-Reihenmotor
Bohrung und Hub: 80 x 107 mm
Hubraum: 3500 cm^3
Getriebe: 4 Vorwärtsgänge
Aufhängung: vordere Einzelradaufhängung mit Querblattfedern, Hinterradaufhängung mit halbelliptischen Blattfedern

(110)

Wagen: Delaunay Belleville Type HB
Jahr: 1911
Motor: Sechszylinder-Reihenmotor
Bohrung und Hub: 85 x 130 mm
Hubraum: 4426 cm^3
Getriebe: 4 Gänge
Aufhängung: Vorderradaufhängung mit halbelliptischen Blattfedern, Hinterradaufhängung mit halbelliptischen Blattfedern und integrierten Querblattfedern

(111)

Wagen: Gregoire 13/18 CV
Jahr: 1911
Motor: Vierzylinder-Reihenmotor
Bohrung und Hub: 90 x 110 mm
Hubraum: 2212 cm^3
Getriebe: 3 Vorwärtsgänge
Aufhängung: Vorder- und Hinterradaufhängung mit halbelliptischen Blattfedern

(112)

Wagen: Hotchkiss AL Torpedo
Jahr: 1922
Motor: Vierzylinder-Reihenmotor
Bohrung und Hub: 95 x 140 mm
Hubraum: 3962 cm^3
Getriebe: 4 Vorwärtsgänge
Aufhängung: Vorderradaufhängung mit halbelliptischen Blattfedern, Hinterradaufhängung mit Cantilever-Blattfedern

(113)

Wagen: Delage D8
Jahr: 1929
Motor: Achtzylinder-Reihenmotor
Bohrung und Hub: 77 x 109 mm
Hubraum: 4060 cm^3
Getriebe: 4 Vorwärtsgänge
Aufhängung: Vorder- und Hinterradaufhängung mit halbelliptischen Blattfedern

114

115

116

117

118

114

Wagen: Panhard-Levassor X17SS
Jahr: 1912
Motor: Vierzylinder-Reihenmotor
Bohrung und Hub: 30 x 130 mm
Hubraum: 2614 cm^3
Getriebe: 4 Vorwärtsgänge
Aufhängung: Vorderradaufhängung mit halbelliptischen Blattfedern, Hinterradaufhängung mit elliptischen Blattfedern, welche aus zwei halbelliptischen gebildet wurden, von denen die obere vom Cantilever-Typ war

115

Wagen: Peugeot Bébé
Jahr: 1913
Motor: Vierzylinder-Reihenmotor
Bohrung und Hub: 55 x 90 mm
Hubraum: 856 cm^3
Getriebe: 2 Vorwärtsgänge
Aufhängung: Vorderradaufhängung mit halbelliptischen Blattfedern, Hinterradaufhängung mit umgekehrten, 1/4 elliptischen Blattfedern

116

Wagen: Lorraine – Dietrich 15 CV Sport
Jahr: 1925
Motor: Sechszylinder-Reihenmotor
Bohrung und Hub: 75 x 130 mm
Hubraum: 3446 cm^3
Getriebe: 3 Gänge
Aufhängung: Vorderradaufhängung mit halbelliptischen Blattfedern, Hinterradaufhängung mit Cantilever-Blattfedern

117

Wagen: Mathis PS 10 CV
Jahr: 1924
Motor: Sechszylinder-Reihenmotor
Bohrung und Hub: 55 x 80 mm
Hubraum: 1140 cm^3
Getriebe: 4 Vorwärtsgänge
Aufhängung: Vorder- und Hinterradaufhängung mit halbelliptischen Blattfedern

118

Wagen: Renault Taxi Type de la Marne 8 C 2 Zyl.
Jahr: 1906
Motor: Zweizylinder
Bohrung und Hub: 80 x 120 mm
Hubraum: 1205 cm^3
Getriebe: 3 Gänge
Aufhängung: Vorderradaufhängung mit halbelliptischen Blattfedern, Hinterradaufhängung mit 1/4 elliptischen Blattfedern und Hilfsfedern

(119)

(120)

(121)

(119)

Wagen: Renault Coupé 12 CV
Jahr: 1921
Motor: Vierzylinder-Reihenmotor
Bohrung und Hub: 80 x 140 mm
Hubraum: 2812 cm^3
Getriebe: 4 Vorwärtsgänge
Aufhängung: Vorder- und Hinterradaufhängung mit halbelliptischen Blattfedern

(120)

Wagen: Renault 6 CV NN 4 Zyl.
Jahr: 1925
Motor: Vierzylinder-Reihenmotor
Bohrung und Hub: 58 x 90 mm
Hubraum: 951 cm^3
Getriebe: 3 Vorwärtsgänge
Aufhängung: Vorderradaufhängung mit halbelliptischen Blattfedern, Hinterradaufhängung mit Querblattfedern

(121)

Wagen: Rochet-Schneider 25 CV
Jahr: 1911
Motor: Vierzylinder-Reihenmotor
Bohrung und Hub: 105 x 140 mm
Hubraum: 4851 cm^3
Getriebe: 4 Gänge
Aufhängung: Vorderradaufhängung mit halbelliptischen Blattfedern, Hinterradaufhängung mit 3/4 elliptischen Blattfedern

(122)

Wagen: Talbot 10/23
Jahr: 1923
Motor: Vierzylinder-Reihenmotor
Bohrung und Hub: 60 x 95 mm
Hubraum: 1075 cm^3
Getriebe: 3 Vorwärtsgänge
Aufhängung: Vorder- und Hinterradaufhängung mit halbelliptischen Blattfedern

(123)

Wagen: Tracta
Jahr: 1930
Motor: Vierzylinder-Reihenmotor
Bohrung und Hub: 67 x 165 mm
Hubraum: 1487 cm^3
Getriebe: 4 Vorwärtsgänge
Aufhängung: Vorder- und Hinterradaufhängung mit Teleskop-Stoßdämpfern und verschiebbaren Achswellen

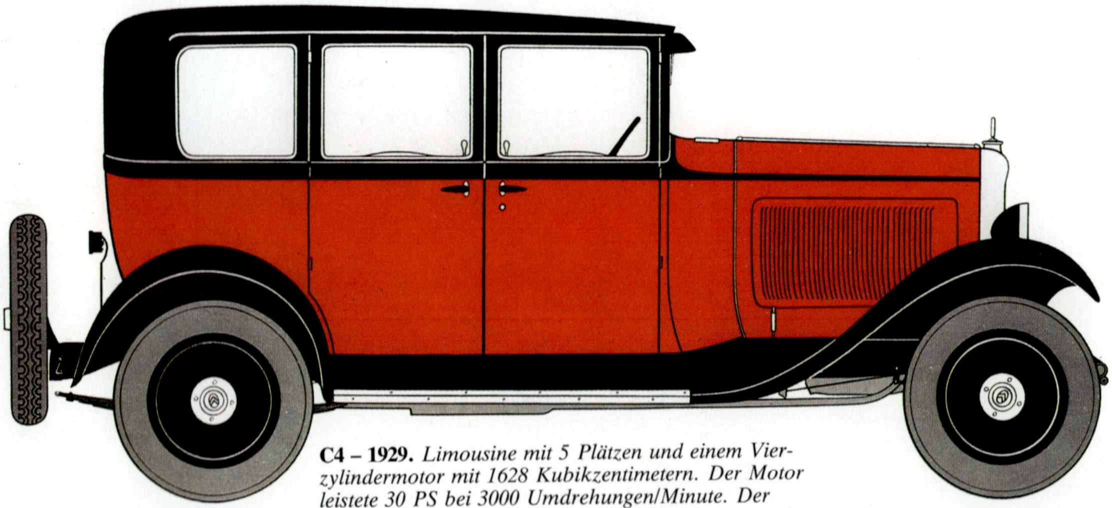

C4 – 1929. *Limousine mit 5 Plätzen und einem Vierzylindermotor mit 1628 Kubikzentimetern. Der Motor leistete 30 PS bei 3000 Umdrehungen/Minute. Der Wagen hatte eine Höchstgeschwindigkeit von 90 km/h.*

122

123

124

Voisin C 14 – 1932 (F).

125

(124)

Wagen: Turcat-Méry 18 CV
Jahr: 1911
Motor: Vierzylinder-Reihenmotor
Bohrung und Hub: 90 x 130 mm
Hubraum: 3307 cm^3
Getriebe: 4 Vorwärtsgänge
Aufhängung: Vorder- und Hinterradaufhängung mit halbelliptischen Blattfedern

(125)

Wagen: Adler 7/15 PS
Jahr: 1912
Motor: Vierzylinder-Reihenmotor
Bohrung und Hub: 75 x 100 mm
Hubraum: 1768 cm^3
Getriebe: 3 Vorwärtsgänge
Aufhängung: Vorder- und Hinterradaufhängung mit halbelliptischen Blattfedern

(126)

Wagen: Voisin C 5
Jahr: 1925
Motor: Vierzylinder-Reihenmotor
Bohrung und Hub: 95 x 140 mm
Hubraum: 3969 cm^3
Getriebe: 4 Vorwärtsgänge
Aufhängung: Vorder- und Hinterradaufhängung mit halbelliptischen Blattfedern

(127)

Wagen: Apollo 4/12 PS
Jahr: 1913
Motor: Vierzylinder-Reihenmotor
Bohrung und Hub: 75 x 116 mm
Hubraum: 2040 cm^3
Getriebe: 4 Vorwärtsgänge
Aufhängung: Vorder- und Hinterradaufhängung mit halbelliptischen Blattfedern

126

127

(128)

(129)

(130)

(131)

(128)

Wagen: Audi K 14/50 PS
Jahr: 1923
Motor: Vierzylinder-Reihenmotor
Bohrung und Hub: 90 x 140 mm
Hubraum: 3563 cm^3
Getriebe: 4 Vorwärtsgänge
Aufhängung: Vorder- und Hinterradaufhängung mit halbelliptischen Blattfedern

(132)

(133)

(134)

(129)

Wagen: Benz 20/35 PS
Jahr: 1910-1911
Motor: Vierzylinder-Reihenmotor
Bohrung und Hub: 105 x 140 mm
Hubraum: 4851 cm^3
Getriebe: 4 Vorwärtsgänge
Aufhängung: Vorder- und Hinterradaufhängung mit halbelliptischen Blattfedern

(130)

Wagen: DKW F 1 500
Jahr: 1931
Motor: Zweizylinder-Reihenmotor
Bohrung und Hub: 68 x 68 mm
Hubraum: 490 cm^3
Getriebe: 3 Vorwärtsgänge
Aufhängung: Vorder- und Hinterradaufhängung mit Querblattfedern

(131)

Wagen: Gaggenau Typ 10/18 PS
Jahr: 1907
Motor: Vierzylinder-Reihenmotor
Bohrung und Hub: 85 x 115 mm
Hubraum: 2600 cm^3
Getriebe: 4 Vorwärtsgänge
Aufhängung: Vorder- und Hinterradaufhängung mit halbelliptischen Blattfedern

(132)

Wagen: Horch 853
Jahr: 1938
Motor: Achtzylinder-Reihenmotor
Bohrung und Hub: 87 x 104 mm
Hubraum: 4944 cm^3
Getriebe: 5 Vorwärtsgänge
Aufhängung: vordere Einzelradaufhängung mit Quer-Blattfedern und Auslegern, Hinterradaufhängung mit starrer Achse, halbelliptischen Blattfedern und hydraulischen Stoßdämpfern

(133)

Wagen: Maybach W5
Jahr: 1927
Motor: Sechszylinder-Reihenmotor
Bohrung und Hub: 94 x 168 mm
Hubraum: 6996 cm^3
Getriebe: 2 Vorwärtsgänge
Aufhängung: Vorder- und Hinterradaufhängung mit halbelliptischen Blattfedern

(134)

Wagen: Mercedes 770
Jahr: 1930
Motor: Achtzylinder-Reihenmotor
Bohrung und Hub: 95 x 135 mm
Hubraum: 7655 cm^3
Getriebe: 4 Vorwärtsgänge
Aufhängung: Vorder- und Hinterradaufhängung mit halbelliptischen Blattfedern

Fiat 518 L Ardita – 1933. *Von Castagna wie ein Cabriolet gebaut, hatte dieses Modell nur mäßigen Erfolg. Es war in verschiedenen Ausführungen von 1700 bis 2000 Kubikzentimetern und einem Vierzylinder-Reihenmotor lieferbar. Der Wagen war mit hydraulischen Bremsen für alle vier Räder ausgerüstet.*

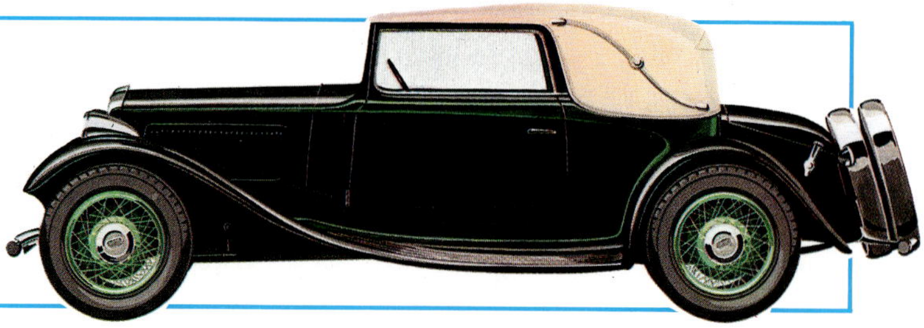

135

136

137

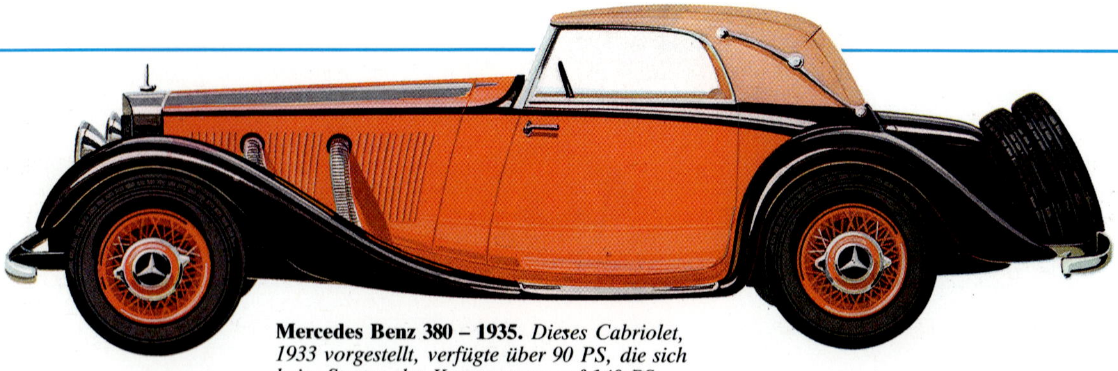

Mercedes Benz 380 – 1935. *Dieses Cabriolet, 1933 vorgestellt, verfügte über 90 PS, die sich beim Starten des Kompressors auf 140 PS erhöhten. Es erreichte 130 km/h.*

138

139

(135)

Wagen: Opel P 4
Jahr: 1935
Motor: Vierzylinder-Reihenmotor
Bohrung und Hub: 67,5 x 75 mm
Hubraum: 1074 cm^3
Getriebe: 3 Vorwärtsgänge
Aufhängung: Vorder- und Hinterradaufhängung mit halbelliptischen Blattfedern

(136)

Wagen: Stoewer
Jahr: 1912
Motor: Vierzylinder-Reihenmotor
Bohrung und Hub: 78 x 118 mm
Hubraum: 2247 cm^3
Getriebe: 4 Vorwärtsgänge
Aufhängung: Vorderradaufhängung mit halbelliptischen Blattfedern, Hinterradaufhängung mit 3/4 elliptischen Blattfedern

(137)

Wagen: Wanderer 5/12 PS
Jahr: 1914
Motor: Vierzylinder-Reihenmotor
Bohrung und Hub: 62 x 95 mm
Hubraum: 1145 cm^3
Getriebe: 3 Vorwärtsgänge
Aufhängung: Vorderradaufhängung mit halbelliptischen Blattfedern, Hinterradaufhängung mit 3/4 elliptischen Blattfedern

(138)

Wagen: A.L.F.A. 12 HP
Jahr: 1911
Motor: Monoblock
Bohrung und Hub: 80 x 120 mm
Hubraum: 2413 cm^3
Getriebe: 3 Vorwärtsgänge
Aufhängung: Vorderradaufhängung mit halbelliptischen Blattfedern, Hinterradaufhängung mit halbelliptischen und 1/2 Cantilever-Blattfedern

(139)

Wagen: Alfa Romeo 6C 2500 Turismo
Jahr: 1939
Motor: Sechszylinder-Reihenmotor
Bohrung und Hub: 72 x 100 mm
Hubraum: 2443 cm^3
Getriebe: 4 Vorwärtsgänge
Aufhängung: Vorderradaufhängung mit in Zylindern verborgenen Spiralfedern, Hinterradaufhängung mit Längs-Torsionsstangen
Preis: 59 500 Lire

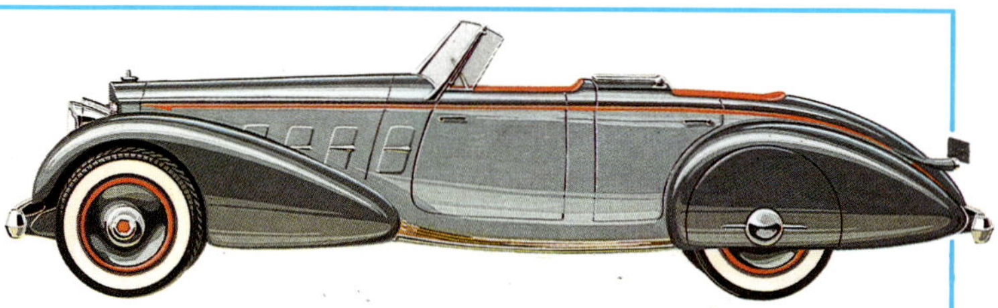

Twelve Phaeton – 1930. *Der eindrucksvollste Wagen von Packard, mit einem Zwölfzylinder-V-Motor von 175 PS; die Karosserie stammt vom Amerikaner Le Baron.*

140

141

142

SS 38/250 – 1928. *Dieses Cabriolet wurde von Hibbard & Darrin gebaut, hatte einen von Ferdinand Porsche konstruierten Motor und wurde von dem berühmten deutschen Rennfahrer Rudolf Caracciola gefahren. Der Sechszylinder- Motor mit 7069 Kubikzentimetern leistete 140 PS, die den Wagen mehr als 180 km/h schnell machten.*

143

144

(140)

Wagen: Ansaldo 4C
Jahr: 1920
Motor: Vierzylinder-Reihenmotor
Bohrung und Hub: 70 x 120 mm
Hubraum: 1804 cm^3
Getriebe: 3 Vorwärtsgänge
Aufhängung: Vorder- und Hinterradaufhängung mit halbelliptischen Blattfedern

(141)

Wagen: Bianchi 20/30
Jahr: 1910
Motor: Vierzylinder-Reihenmotor
Bohrung und Hub: 110 x 130 mm
Hubraum: 4939 cm^3
Getriebe: 4 Vorwärtsgänge
Aufhängung: Vorder- und Hinterradaufhängung mit halbelliptischen Spiralfeldern

(142)

Wagen: Ceirano Typ CS
Jahr: 1921
Motor: Vierzylinder-Reihenmotor
Bohrung und Hub: 75 x 130 mm
Hubraum: 2166 cm^3
Getriebe: 4 Vorwärtsgänge
Aufhängung: Vorder- und Hinterradaufhängung mit halbelliptischen Blattfedern

(143)

Wagen: Chiribiri Typ Milano
Jahr: 1925
Motor: Vierzylinder-Reihenmotor
Bohrung und Hub: 65 x 112 mm
Hubraum: 1485 cm^3
Getriebe: 4 Vorwärtsgänge
Aufhängung: Vorder- und Hinterradaufhängung mit halbelliptischen Blattfedern

(144)

Wagen: Diatto 20 A
Jahr: 1927
Motor: Vierzylinder-Reihenmotor
Bohrung und Hub: 80 x 100 mm
Hubraum: 1996 cm^3
Getriebe: 4 Vorwärtsgänge
Aufhängung: Vorder- und Hinterradaufhängung mit halbelliptischen Blattfedern

145

146

147

(145)

Wagen: Fiat 501
Jahr: 1919
Motor: Vierzylinder-Reihenmotor
Bohrung und Hub: 65 x 110 mm
Hubraum: 1460 cm^3
Getriebe: 4 Vorwärtsgänge
Aufhängung: Vorder- und Hinterradaufhängung mit halbelliptischen Blattfedern
Preis: 31 000 Lire (Torpedo, 1924)

(146)

Wagen: Fiat 520 Superfiat
Jahr: 1921
Motor: Zwölfzylinder-V-Motor
Bohrung und Hub: 85 x 110 mm
Hubraum: 6805 cm^3
Getriebe: 3 Vorwärtsgänge
Aufhängung: Vorderradaufhängung mit halbelliptischen Blattfedern, Hinterradaufhängung mit halbelliptischen Blattfedern und integrierten mechanischen Stoßdämpfern

(147)

Wagen: Fiat 508 Balilla
Jahr: 1932
Motor: Vierzylinder-Reihenmotor
Bohrung und Hub: 65 x 75 mm
Hubraum: 995 cm^3
Getriebe: 3 Vorwärtsgänge
Aufhängung: Vorder- und Hinterradaufhängung mit halbelliptischen Blattfedern und integrierten mechanischen Stoßdämpfern
Preis: 10 800 Lire (1934); 11 250 Lire (Berlina 2türig, 4 Gänge) und 12 950 Lire (Berlina 4türig, 4 Gänge, 1934)

(148)

Wagen: Isotta-Fraschini Typ 8
Jahr: 1920
Motor: Achtzylinder-Reihenmotor
Bohrung und Hub: 85 x 130 mm
Hubraum: 5898 cm^3
Getriebe: 3 Vorwärtsgänge
Aufhängung: Vorderradaufhängung mit halbelliptischen Blattfedern, Hinterradaufhängung mit halbelliptischen Blattfedern und integrierten hydraulischen Stoßdämpfern

(149)

Wagen: Itala 35-45 HP
Jahr: 1907
Motor: Vierzylinder-Reihenmotor
Bohrung und Hub: 130 x 140 mm
Hubraum: 4733 cm^3
Getriebe: 4 Vorwärtsgänge
Aufhängung: Vorder- und Hinterradaufhängung mit halbelliptischen Blattfedern

148

149

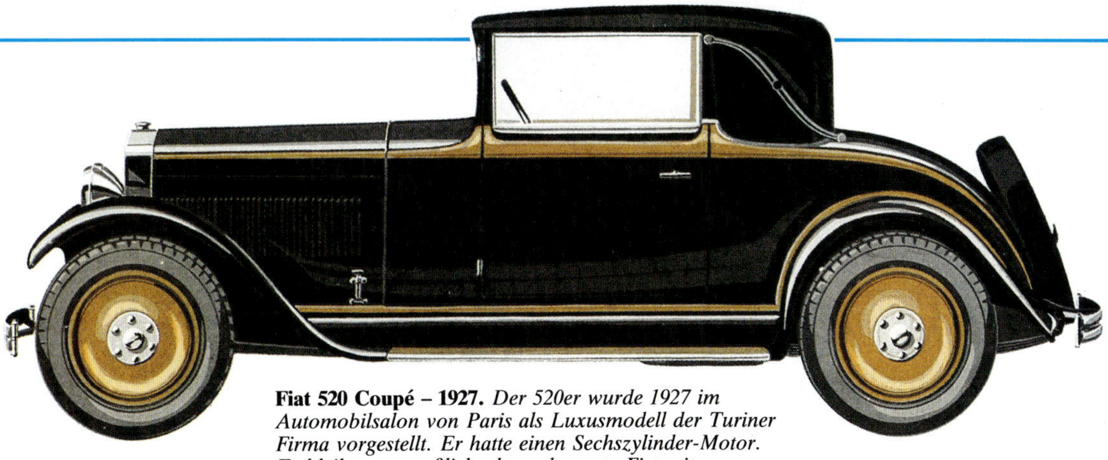

Fiat 520 Coupé – 1927. *Der 520er wurde 1927 im Automobilsalon von Paris als Luxusmodell der Turiner Firma vorgestellt. Er hatte einen Sechszylinder-Motor. Er bleibt unvergeßlich, da er der erste Fiat mit Zündverteiler und Linkssteuerung war.*

(150)

(151)

(152)

(150)

Wagen: Lancia Theta Typ 71
Jahr: 1913
Motor: Vierzylinder-Reihenmotor
Bohrung und Hub: 110 x 130 mm
Hubraum: 4940 cm^3
Getriebe: 4 Vorwärtsgänge
Aufhängung: Vorder- und Hinterradaufhängung mit halbelliptischen Blattfedern

(151)

Wagen: Lancia Lambda Typ 67
Jahr: 1923
Motor: Vierzylinder-V-Motor
Bohrung und Hub: 75 x 120 mm
Hubraum: 2120 cm^3
Getriebe: 4 Vorwärtsgänge
Aufhängung: Teleskop-Vorder- und Hinterradaufhängung: Einzelradaufhängung, vorne mit integrierten hydraulischen Stoßdämpfern

(152)

Wagen: Lancia Aprilia Typ 97
Jahr: 1937
Motor: Vierzylinder-V-Motor
Bohrung und Hub: 73 x 83 mm
Hubraum: 1351,6 cm^3
Getriebe: 4 Vorwärtsgänge
Aufhängung: Teleskop-Vorderradaufhängung, Hinterradaufhängung mit Querblattfedern und Torsionsgestänge

(153)

Wagen: OM Typ 469
Jahr: 1922
Motor: Vierzylinder-Reihenmotor
Bohrung und Hub: 69 x 100 mm
Hubraum: 1496 cm^3
Getriebe: 4 Vorwärtsgänge
Aufhängung: Vorder- und Hinterradaufhängung mit halbelliptischen Spiralfedern

(154)

Wagen: SPA 25-30
Jahr: 1913
Motor: Vierzylinder-Reihenmotor
Bohrung und Hub: 100 x 140 mm
Hubraum: 4398 cm^3
Getriebe: 4 Vorwärtsgänge
Aufhängung: Vorderradaufhängung mit halbelliptischen Blattfedern, Hinterradaufhängung mit 3/4 elliptischen Blattfedern

Großer Mercedes – 1937. *Der erste Große Mercedes geht auf das Jahr 1930 zurück. Zwei von diesen Wagen wurden lange vom japanischen Kaiser verwendet. Das Modell von 1937 (dem letzten Jahr der Produktion) hatte einen hochverdichteten Achtzylinder-V-Motor, der 230 PS leistete.*

153

154

Eine weitere eindrucksvolle Schöpfung des Karosseriebauers Farina auf einem Lancia-Astura Fahrgestell.

155

156

(155)

Wagen: Züst 25-35 HP
Jahr: 1913
Motor: Vierzylinder-Reihenmotor
Bohrung und Hub: 100 x 150 mm
Hubraum: 4714 cm^3
Getriebe: 4 Gänge
Aufhängung: Vorder- und Hinterradaufhängung mit halbelliptischen Blattfedern

(156)

Wagen: Austro Daimler AD 617
Jahr: 1921
Motor: Sechszylinder-Reihenmotor
Bohrung und Hub: 85 x 130 mm
Hubraum: 4420 cm^3
Getriebe: 4 Vorwärtsgänge
Aufhängung: Vorderradaufhängung mit halbelliptischen Blattfedern, Hinterradaufhängung mit Cantilever-Blattfedern

(157)

Wagen: Graf und Stift SP 8
Jahr: 1933
Motor: Achtzylinder-Reihenmotor
Bohrung und Hub: 85 x 132 mm
Hubraum: 5923 cm^3
Getriebe: 4 Vorwärtsgänge
Aufhängung: Vorder- und Hinterradaufhängung mit halbelliptischen Blattfedern

(158)

Wagen: Excelsior Albert I
Jahr: 1926
Motor: Sechszylinder-Reihenmotor
Bohrung und Hub: 90 x 140 mm
Hubraum: 5350 cm^3
Getriebe: 3 Vorwärtsgänge
Aufhängung: Vorderradaufhängung mit halbelliptischen Blattfedern, Hinterradaufhängung mit Cantilever-Blattfedern

(159)

Wagen: Germain 18/22 HP
Jahr: 1908
Motor: Vierzylinder-Reihenmotor
Bohrung und Hub: 102 x 110 mm
Hubraum: 3598 cm^3
Getriebe: 3 Vorwärtsgänge
Aufhängung: Vorderradaufhängung mit halbelliptischen Blattfedern, Hinterradaufhängung mit 3/4 elliptischen Blattfedern

157

158

159

160

161

162

Dilambda Faux Cabriolet von Farina – 1933. *1928 eingeführt, hat der Dilambda einen Achtzylinder-V-Motor mit 3960 Kubikzentimetern, der 100 PS leistete.*

163

164

160

Wagen: Métallurgique 12 CV
Jahr: 1910
Motor: Vierzylinder-Reihenmotor
Bohrung und Hub: 80 x 130 mm
Hubraum: 2614 cm^3
Getriebe: 4 Gänge
Aufhängung: Vorderradaufhängung mit halbelliptischen Blattfedern, Hinterradaufhängung mit Cantilever-Blattfedern

161

Wagen: Tatra 77
Jahr: 1935
Motor: Achtzylinder-V-Motor
Bohrung und Hub: 80 x 84 mm
Hubraum: 3380 cm^3
Getriebe: 4 Vorwärtsgänge
Aufhängung: Vorderradaufhängung mit unabhängigen Rädern und Querblattfedern, Hinterradaufhängung mit unabhängigen Rädern und Schraubfedern

162

Wagen: Minerva 30 CV
Jahr: 1921
Motor: Sechszylinder-Reihenmotor
Bohrung und Hub: 90 x 140 mm
Hubraum: 5344 cm^3
Getriebe: 4 Vorwärtsgänge
Aufhängung: Vorderradaufhängung mit halbelliptischen Blattfedern, Hinterradaufhängung mit Cantilever-Blattfedern

163

Wagen: Hispano-Suiza H6 B
Jahr: 1922
Motor: Sechszylinder-Reihenmotor
Bohrung und Hub: 100 x 140 mm
Hubraum: 6797 cm^3
Getriebe: 3 Gänge
Aufhängung: Vorderradaufhängung mit halbelliptischen Blattfedern, Hinterradaufhängung mit Cantilever-Blattfedern

164

Wagen: Spyker
Jahr: 1905
Motor: Vierzylinder-Reihenmotor
Bohrung und Hub: 90 x 100 mm
Hubraum: 2546 cm^3
Getriebe: 3 Vorwärtsgänge
Aufhängung: Vorder- und Hinterradaufhängung mit halbelliptischen Blattfedern

REGISTER

ROLLS
RR
ROYCE
BRDC
BARC